キスの合間に、彼が言う。

「最高の……生徒だよ……」

「最高の……」

息を乱しながら、圭一が答える。

「恋人だって……言って……」

ラルーナ文庫

ぼくの小児科医《せんせい》

春原いずみ

三交社

CONTENTS

Illustration

柴尾犬汰

ぼくの小児科医《せんせい》

本作品はフィクションです。
実際の人物・団体・事件などにはいっさい関係ありません。

ＡＣＴ　１

　つっかえつっかえのツェルニー三十番。これを聞くたびに、七尾圭一《ななおけいいち》は、ツェルニーは立派な教師だったと思うと同時に、きっと性格はよくなかったと思ってしまう。

「指づかい、気をつけて」

　人間の指が十本しかないことを、ピアノを弾く時に、人は実感する。ピアノのテクニックは、イコール指づかいのテクニックだ。いかに滑らかに指を使うか。メロディを歌ったり、強弱でメリハリをつけるのは、その後だ。

「はい、いいよ。だいぶ上手く弾けるようになったね」

　ふうっとため息をついた少女に、圭一は笑みを向ける。

「ゆっくりでいいから、間違えずに止まらずに弾けるようにしようね。止まらずに弾けるようになったら、少しずつスピードアップして」

「はい、先生」

「じゃあ、今日はここまで。来週は次のページまで見てきてね」

「はぁい」

教則本を閉じ、少女はぺこりと頭を下げた。

「ありがとうございました、七尾先生」

「はい、お疲れさま」

少女がレッスン室を出ていき、圭一はほっと息をついた。閉めきっていた窓を開けると、柔らかい春の風が吹き込んでくる。微《かす》かな桜の香りがして、爛漫《らんまん》の春がレッスン室に満ちた。ピアノのそばに置いていたポットからコーヒーを注ぎ、圭一はまだ熱いそれをすすった。これで今日のレッスンは終わりなので、コーヒーもOKだ。

「ふぅ……」

仕事終わりのコーヒーは、圭一の唯一の楽しみだ。このために、少し早起きして、コーヒーをいれる。それが一日の始まりなのだ。

「あ……やば……っ」

壁にかかった時計を見て、圭一は慌てて楽譜をまとめる。それをトートバッグに放り込んで、ピアノの蓋《ふた》を閉じ、鍵《かぎ》をかける。エアコンを止めて、窓を閉め、レッスン室を後にした。


「さよならぁ」

「また明日ね」

「先生、バイバイ」

「バイバイじゃなくて、さよならでしょ」

退園時間の保育園のまわりは賑《にぎ》やかだ。少し早めの八重桜が咲き始めた園庭に、子供たちが走り回っている。

「あ、陽菜子《ひなこ》ちゃん、ほら、叔父様《おじ》よ」

長い髪を二つに分けて結んだ少女の頭に手を置いて、保育士が圭一を指さした。

「あ、圭一くん」

陽菜子と呼ばれた少女が振り向いた。色白の可愛《かわい》らしい女の子だ。年の頃は五歳か六歳、まだ小学校に入る前らしく、保育園の制服のチェックのスモックを着ている。

「圭一くーん」

「陽菜子」

圭一は抱きついてきた陽菜子をきゅっと抱きしめた。温かく柔らかい子供の身体《からだ》。今年六歳になる陽菜子は、圭一の姪《めい》だ。年のわりには大人びて、ちょっと生意気なところもあるが、明るく可愛い女の子だ。

「さあ、帰ろう、陽菜子。今日はカレーにしようか」

「陽菜子、圭一くんのシチューが食べたい。チキンの」

「OK。じゃあ、シチューにしよう。にんじん食べるんだよ」

　小さな手をつなぐ。陽菜子はにっこり頷《うなず》いた。

「圭一くんのシチューなら、にんじん食べるもん」

「あら、陽菜子ちゃん、にんじんさん食べられるの？」

　担当らしい保育士が腰を屈《かが》める。

「給食のにんじんさんはなかなか食べられないのに」

「圭一くん、にんじんさんをお花にしてくれるの。お花なら食べられるの」

　陽菜子がにこにこしながら言う。

「カレーもそうなのよ。圭一くんのカレーもシチューもお花畑なの」

「まぁ……七尾さん、手をかけていらっしゃいますねぇ」

　保育士に感心したように言われて、圭一は慌てて手を横に振った。

「ち、違いますよ。陽菜子、にんじんとピーマンが苦手で。すり下ろしたり、いろいろやってみたんですけど、やっぱり女の子ですね。ネットで見た飾り切りを一緒にやってみたら、食べてくれたんで」

「陽菜子もお手伝いするの。陽菜子がにんじんさん切って、圭一くんがお花にしてくれるの」

　圭一の手を握りしめて、ぶんぶんと振りながら、陽菜子が言う。

「圭一くんのシチューおいしいの。カレーもすっごく。陽菜子が食べたいの、なんでも作ってくれるの」

「こら、陽菜子」

　圭一は耳まで赤くなっている。子供の頃から、料理は好きだった。事情があって、否応なく台所に立っていたせいもあるが、もともと好きなのだ。それが証拠に、同じ状況にあった兄はインスタントに毛が生えた程度の料理能力しかなく、ぎりぎり食べられるレベルだったが、圭一のそれはもう趣味の領域だ。シチューもきちんとルーから作る。それが楽しく、一種のストレス解消になっているのだ。

「あ、あの、失礼します。ありがとうございました」

　陽菜子の手を引き、興味津々といった顔の保育士から逃げ出す。

「陽菜子、あんまり僕のことをみんなに言わないでよ」

「どうして？」

　陽菜子は大きな目をきょとんと見開いている。

「圭一くんのお料理、みーんなおいしいよ？　陽菜子、給食よりずっと好き」

「……ありがとう、陽菜子」

　手をつないで、保育園から十分の自宅に向かう。

「今日はねぇ……」

陽菜子の途切れることないおしゃべりを聞きながら、圭一はゆっくりと歩く。

〝もう……一年になるんだ……〟

あの日も桜が咲いていた。微かな風にもほろほろと花びらの散る美しい春の日だった。幼い容姿に似合わないシックな黒いワンピースを着た陽菜子を抱きしめて、圭一は兄の柩《ひつぎ》を見送った。

兄の俊一《しゅんいち》はシングルファーザーだった。妻の綾子《あやこ》を亡くし、ひとりで娘の陽菜子を育てていた、そんな彼が突然の交通事故で亡くなったのは、去年の春だった。すべてを擲《なげう》って駆けつけた圭一の膝《ひざ》にすがりついてきたのが、幼い陽菜子だった。

「圭一くん、知らないひとばっかりなの……っ」

今もあの時の陽菜子の姿が忘れられない。小さな身体を震わせて、ただ圭一にすがりついてきた幼い陽菜子。

「パパはどこ？　パパがいないの……っ」

圭一も、陽菜子とは近しくつきあっていたわけではない。兄と陽菜子は京都で暮らしていたし、圭一は東京の音大で学生をしていた。会うのは、年に一度か二度だ。そんなつきあいでしかない圭一に、陽菜子はすがりついてきた。どれほど心細かったのかと、胸が痛くなる。

兄の運転する車は、センターラインを越えてきたトラックと正面衝突した。即死だった。

別れを告げる間もなく去ってしまった父親にどこか似た圭一から、陽菜子は離れようとしなかった。亡くなった陽菜子の母の近親者からも引き取りの申し出はあったのだが、陽菜子は頑《かたく》なに圭一にしがみついた。

「圭一くんがいいの。圭一くんじゃないといやなの」

そこまで幼い姪に言われて、どうしてふりほどくことができただろう。圭一は迷うことなく、在学中だった音大を退学し、ピアノ教師として働き始めた。

「ねぇ、圭一くん、聞いてる？」

はっと気づくと、陽菜子がのぞき込んでいた。その曇りのない純粋な瞳《ひとみ》を見て、圭一は微笑《ほほえ》む。

「聞いてるよ、陽菜子。直《なお》ちゃんがどうしたって？」

「直ちゃんじゃないもん。美紀《みき》ちゃんだもん。圭一くん、ちゃんと聞いてなかったの？」

「ごめんごめん」

子育てどころか、結婚、いや恋すらしたことのない圭一だ。日々、陽菜子を育てながら、育てられているような状態である。

「しょうがないなぁ……最初からお話するね」

陽菜子の罪のないおしゃべりが続く。

陽菜子は頑ななまでに、圭一を叔父さんと呼ばない。父がそうだったように、圭一を名前で呼び、男の子なんだからとくんづけする。陽菜子が父と住んでいた京都から東京に引っ越し、近くの保育園に通い始めたばかりの頃は、若すぎる父親とおしゃまな娘に見えるふたりの組み合わせはひどく目立ってしまったが、保育士たちの優しい根回しにより、少々浮きつつも、まずまず順調な保育園生活を送っている。

「圭一くん、おうちに帰ったら、ピアノ弾いていい？」

「いいよ。レッスンしたげようか」

「いいの？」

圭一と陽菜子が住む家は、決して新しくはないが、ふたり暮らしには広すぎるほどの一軒家だ。圭一はその一室を防音にして、小型のグランドピアノを置いている。亡くなった兄の俊一は、圭一と違って、あまり音楽に興味は持っていなかったが、陽菜子はピアノが大好きだ。京都にいた頃も幼児用の音楽教室に通っていたといい、圭一のピアノを弾くのも聞くのも大好きだ。

「いいよ。ご飯の前に、ちょっとレッスンしようね」

「うん！」

陽菜子が今日習ったのだという歌を歌い始めた。懐かしい童謡を一緒に歌いながら、ふたりは家路をたどった。

「……圭一くん」

微かな声に、圭一はふっと目を開けた。

「……陽菜子？」

隣のベッドで眠っていたはずの陽菜子が、圭一のベッドの横に立っていた。

「どうした？　陽菜子」

圭一はベッドの上に起き直った。

「陽菜子？」

ベッドサイドのスタンドをつける。陽菜子は両手でお腹を抱えていた。

「圭一くん……お腹痛い……」

「え……？」

圭一はベッドから飛び降りた。両手で陽菜子の肩をそっと摑《つか》む。

「どうした？　何か冷たいものでも食べたっけ……」

「わかんない……トイレ行ったら……お腹痛いの……」

陽菜子は涙声だ。圭一は慌てて、陽菜子を自分のベッドに寝かせた。

「待ってて、陽菜子」

時計を見ると、午前零時を回ったところだ。圭一は電話のあるところに走っていった。

そこには、救急時の電話番号や夜間当番医がまとめて書かれたものが貼《は》ってある。

「……あった」

今日の夜間当番は、車で十分ほどのところにある檜川《ひかわ》総合病院だった。

「そういえば……」

子供たちのピアノレッスンには、親がついてくることが多い。その母親たちがよく口にするのが、檜川総合病院の名前だった。設備の整ったいい病院だという評判だ。特に小児科の評判がよく、いつでもよく診《み》てくれるのだという。

〝夜だから……小児科医はいないよな、きっと……〟

それでも、診てもらえるならいい。

「陽菜子、おいで。お医者さんに行こう」

「……注射されるかなぁ……」

青い顔をした陽菜子が、ベッドから言った。

「注射嫌だなぁ……」

「でも、お腹痛いのは治してもらわなきゃね。さ、行こう」

ハーフケットで、パジャマ姿の陽菜子をくるみ、圭一はそっと抱き上げた。

檜川総合病院は、まだ新しいきれいな病院だった。びっくりするほど大きな病院で、圭一は時間外入り口を探すのに、少し迷ってしまったほどだ。

「あの……子供の具合が悪いので、診ていただきたいのですが……」

陽菜子を抱いたまま、心配顔で言った圭一に、時間外受付にいた男性職員がにっこりして答えてくれた。

「運がよかったですね、今日は当直が小児科の先生ですよ。保険証をお願いします」

「あ、はい」

陽菜子をソファに下ろし、診療申込書を書いているうちに、事務職員が気を利かせてくれたらしく、カーディガンを羽織った看護師が出てきてくれた。

「どうなさいました？」

「あ、あの……子供がお腹が痛いと言って……」

「あらあら、どの辺が痛いのかな？」

看護師が陽菜子を診てくれているうちに、圭一は申込書を書き終えた。

「これ、お願いします」

「はい、七尾陽菜子ちゃん……五歳ですね」

「じゃ、陽菜子ちゃん、先生に診てもらいましょうね」

看護師が陽菜子を抱き上げてくれた。圭一も後についていく。時間外は『救急外来』という部屋で診ているらしかった。非常灯だけの薄暗い中で、そこだけが明るい。

「先生、患者さんですよ」

看護師が声をかけながら、ブースのドアをノックした。圭一は手を出して、陽菜子を看護師から受け取る。

「ああ、どうぞ」

低くよく響く声がする。

〝いいバリトンだなぁ……〟

圭一が的外れなことを考えている間に、看護師がドアを開けてくれた。

「あ、す、すみません……っ」

慌てて、圭一は陽菜子を抱いてブースに入る。

「よろしくお願いします」

ぺこりと頭を下げて、圭一は顔を上げる。

「……どうしました？」

一瞬遅れて、低く通る抜群のバリトン。こんな夜中なのに、ぴしりとプレスの効いたケーシータイプの白衣。

「あの……急にお腹が痛いと言って……」

「……わかりました。私は小児科の末次《すえつぐ》です。ええと……七尾陽菜子ちゃんだね？」

きちんと陽菜子と圭一に向かって自己紹介すると、末次と名乗った小児科医は、首にかけていたステートのチップを耳に入れた。

「まずは胸とお腹の音を聞かせてもらおうかな」

彼はびっくりするくらい整った顔立ちをしていた。白皙《はくせき》の美貌《びぼう》という言葉があるが、それがぴったりくる容姿だ。眼鏡《めがね》のよく似合う怜悧《れいり》な顔立ちだが、口元にたたえた笑みと少し下がり気味の目が優しげだ。医師という職業にこれほどぴったりの容姿もないだろう。

「陽菜子……」

「せんせい、お腹が痛いの」

診察用の椅子《いす》に座った陽菜子は、はっきりとした口調で言った。

「お腹の……このへん」

下腹のあたりを指さす。末次が微笑む。

「陽菜子ちゃんはしっかりしているね。いい子だね」

陽菜子の胸にステートを当てて、末次は胸の音を聞いている。

「じゃあ、ベッドに横になってね。お腹を診るよ」

「せんせい、注射……する？」

ベッドに横になりながら、陽菜子がおそるおそる聞く。

「陽菜子……」

「ねぇ、せんせい、注射する？」

「それは陽菜子ちゃんのお腹に聞いてみようね」

末次は優しく言い、陽菜子の腹部を軽く押した。

「どんな時に、お腹が痛くなったの？」

「うんとね……トイレ行った時……お腹が痛くなったの……今は……そんなでもない」

「そう」

軽く聴診して、末次は椅子ごと、くるりと圭一に向き直った。

「風邪《かぜ》をひいたりはされていませんでしたか？」

「あ、ええ……先週、ちょっと風邪気味で……」

「わかりました」

末次は頷いた。軽いタッチで電子カルテに指示を打ち込む。

「おそらく、軽い尿路感染でしょう。お腹の音にも異常はありませんし。抗菌剤を三日分だけお出ししておきます。飲みきってもまだ具合がよくないようでしたら、またいらしてください」

「は、はい……」

陽菜子をベッドから下ろし、抱き上げながら、圭一はぺこりと頭を下げた。

「あ、あの……夜分にありがとうございました……」

「いいえ。あの」

ブースを出ていこうとする圭一に、末次が声をかけた。

「立ち入ったことを伺いますが、陽菜子ちゃんのお母さんは？」

圭一は足を止めて、振り返った。末次の目がじっと圭一を見ている。少しグレイがかった不思議な色の瞳だと思った。ハーフめいたところはない顔立ちだが、瞳の色だけが異質だった。

「えと……陽菜子の母親は……陽菜子が生まれてじきに病気で……」

陽菜子の母親であり、圭一の義姉である綾子は、陽菜子が一歳になる前に亡くなっていた。クモ膜下出血による急逝だった。

「……そうですか」

末次が視線をそらさないまま言った。視線自体に体温があるような、強い視線だ。圭一は思わず目を伏せる。

「いえ、お母さんがいらっしゃるなら、ご注意をしようと思ったのですが。どなたか、女性の身内の方は？」

「……この子の叔母《おば》ならおりますが……」

なんでこんなことを聞かれるのだろうと思いながら、圭一は答えた。

「では、その方に、陽菜子ちゃんがおしっこをした後に紙で拭《ふ》く拭き方を教えるようにおっしゃってください」

「は……はぁ……？」

「陽菜子ちゃんの尿路感染の原因です。女の子は尿道が短いので、風邪をひいたりすると、感染を起こしやすいんです」

末次ははっきりとした口調で言った。

「できたら、一度、その女性の方に来ていただいてください。看護師の方から指導いたしますので」

「あ、はい……」

圭一は曖昧《あいまい》に頷いた。

〝ここまで……言ってくれるのか？　時間外なのに……〟

「……わかりました。ありがとうございます」

圭一は再びぺこりと頭を下げる。末次の視線が肌に痛いほどで、いたたまれない。

〝いい先生なんだろうけど……苦手かも……〟

もともと圭一は穏やかでおとなしい性格だ。ひとの好き嫌いもあまりなく、ひとに嫌われることも、ひとを嫌うこともほとんどない。しかし、そんな圭一をして、末次は漠然とだが『苦手』と思わせたのだ。

〝あれ……なんで……？〟

こんな深夜に丁寧に診察してくれて、子育てのアドバイスまでくれたのに。

「お大事に」

背中をそっと撫《な》で上げるような柔らかい美声に、なぜか圭一はぞっとするようなものを感じて、慌てて診察室を出たのだった。

陽菜子は、薬を一日分飲んだところで腹痛を訴えなくなった。保育園は一日休んだだけで行くようになり、三日分の薬を飲みきって、圭一は陽菜子を完治したとした。

「圭一さんは慎重ね」

「そ、そうですか？」

ピアノ教師としての報酬は決して悪いものではなかったが、今住んでいる家のローンや陽菜子の将来を考えると、収入はいくらあっても困らない。そんなわけで、圭一はピアノ教師の傍ら、レストランでのピアノの生演奏というアルバイトをしている。夜の仕事になるので、五歳の陽菜子をひとりにしておくわけにもいかず、亡くなった陽菜子の母の妹である広川笑子《ひろかわえみこ》に、陽菜子を預けているのだ。

笑子は自宅の一部で、小規模な夜間保育所を経営している。もうひとりの保育士とふたりで、夜間に五、六人の子供を預かっている。そこに、陽菜子も混ぜてもらっているのだ。

「陽菜ちゃんはもともと丈夫な子だし、大丈夫よ。風邪をひいていたし、お遊戯会の練習で疲れたりしていたから、悪条件が重なったのね。もう熱もないでしょう？」

「ええ。毎朝計っていますけど、問題ありません」

「圭一さん、子育てはあんまり神経質にやると大変よ。少し気を抜いた方がいいわよ」

笑子はころころと笑う。

「はぁ……」

三人の我が子を育て、さらに子供を預かっているベテラン子育てママに、結婚すらしていない圭一がかなうはずもない。

「気の抜きどころがわからないんですよ」

圭一は苦笑しながら、横に立っている陽菜子の髪を撫でた。

「とにかく……陽菜子を大事に育てたいんです……」

圭一の育った家庭環境は複雑だった。もともと折り合いのよくなかった両親が離婚したのが、圭一が中学生の時だ。年の離れた兄はすでに独立して、家を出ていた。中学生の圭一は、当然ひとりで生きていくことはできず、誰《だれ》かの世話にならなければならなかった。しかし、離婚した両親はいずれも圭一の引き取りを拒んだ。圭一自身に問題があったわけではなく、共にすでに再婚相手がいたからだ。難しい年頃の息子を、両親は引き取りたがらなかった。はっきり言ってしまえば、再婚の邪魔になったのだ。かくして、圭一は施設行きになりかけた。その圭一を引き取ってくれたのは、当時まだ社会人になったばかりの兄だった。

「陽菜子に……たとえ一瞬でも、僕のような思いをさせたくない。たとえ親はいなくても、愛情を注いで育てられた……陽菜子がそう思えるようにしてやりたいんです」

兄は圭一を大切にしてくれた。家庭の不和を振り切るように、圭一が打ち込んでいたピアノを続けさせてくれた。自分の生活を切り詰めても、圭一にレッスンを受けさせ、音楽高校から音大に導いてくれた。大学に入ってからは奨学金とアルバイトで、ある程度は自立したが、圭一は兄には返しきれない恩があると思っている。

「僕と陽菜子は……同じだから」

親がいない。圭一は両親の離婚、陽菜子は死別と理由は違うが、親のいる普通の家庭生活を失ったことに変わりはない。

「親がいなくなって、誰かにすがりつきたくて……。僕は兄にすがりつきました。兄は応《こた》えてくれた。だから、僕はすがりついてきた陽菜子に応えてやりたい。陽菜子になんでも……してやりたいんです」

「圭一さんは立派にやっているわよ」

笑子が優しく言った。

「キャラ弁も作っているんですって？　パンダのおにぎりを作ってくれたって、陽菜ちゃんが喜んでいたわ」

「なかなか、他のお母さんたちのようにはいきません」

圭一はきまじめに言う。

「陽菜子に……哀しい思いだけはさせたくなくて、頑張っているんですけど」

「圭一くん」

陽菜子が手をつないでいる圭一の手を軽く引っ張った。

「圭一くんのお弁当、おいしいよ？　可愛いし、おいしいよ？　どうして、そんなに哀しそうなの？」

陽菜子の大きな目は、兄によく似ている。黒目がちで二重がはっきりとしている。陽菜子を見るたびに、圭一は兄を思い出し、そして、改めて陽菜子を大事にしたいと思う。

「哀しくなんてないよ」

圭一は微笑んだ。

「さ、陽菜子。実莉《みり》ちゃんと遊んでおいで」

「うん！」

陽菜子は、笑子の末娘である実莉と同い年で仲がいい。圭一に言われて、すぐにぱっと駆け出す。

「実莉ちゃーんっ！」

「あ、陽菜子ちゃんだーっ」

すぐに仲良く遊び始めたふたりを見ながら、笑子が言った。

「圭一さん、大変だったら、いつでも陽菜ちゃん、預かるわよ。夜だけじゃなくて。女の子だし……そろそろ難しい年頃になるんじゃない？」

「あ、ああ……それなんですけど」

少しためらってから、圭一は末次医師に言われたことをそのまま伝えた。

「おしっこをした後？　ああ……」

笑子が笑う。

「わかったわ。まかせておいて。そうね……男の人には、ちょっとハードル高いかな」

「申し訳ありません……」

自分は、陽菜子に何をしてやれるのだろう。しょんぼりと謝る圭一に、笑子は優しく言った。

「圭一さん、ほんと頑張りすぎないでね。陽菜ちゃんは圭一さんだけの子じゃなくて、私たちの子でもあるの。俊一さんだけじゃなくて、姉さんの子供でもあるんだから、私にもできることはさせてね」

「ありがとうございます」

圭一は頭を下げ、そして、陽菜子に手を振って、仕事に出かけた。

　圭一が生ピアノの演奏をしているのは、人気のあるフレンチレストランだった。そのウェイティングバーにピアノは置いてあり、隣のレストランにも音は聞こえるようになっている。

「申し訳ありません、ちょっと遅くなってしまって」

　笑子のところで話し込んでしまったせいで、出勤が遅れてしまった。いつも演奏までに三十分の余裕を持っている圭一にしては珍しく、着替えるとぎりぎりといった時間だった。

「問題ないよ。着替えたら、よろしく」

「はい」

　マネージャーに軽く会釈して、圭一はロッカーで着替えた。ピアノ教師という仕事柄、いつもは、シャツにチノパン、カーディガンといったラフな服装が多いが、ここでの演奏時は、ドレスシャツにタイ、ジャケットかベストといった、少しフォーマルな服装だ。クリーニングから上がってきていたシャツに着替え、まだ慣れないタイを締める。少し迷ってから、ベストに腕を通す。濃紺のベストに似合うサファイア色のカフスボタンを少し苦労して留めた。タイタックもお揃《そろ》いだ。

「七尾くんはスタイルがいいから、何を着ても似合うわね」

　フロアに出てきた圭一に、ソムリエールが声をかけてきた。このレストランには、五人のソムリエ、ソムリエールが在籍していて、最高のワインを選んでくれる。みなプロフェッショナルばかりだ。彼らは上品で、人当たりが柔らかい。ソムリエたちに限らず、このレストランはスタッフのすべてが一流だ。この職場は、先輩のピアノ教師が紹介してくれた。ペイもよく、無理を言う客もいない。圭一はこの職場に満足している。

「そんなことないです。タイがまだうまく結べなくて……」

「大丈夫よ。最近は七尾くん目当てのお客様もいらっしゃるんだから」

「そんなことありませんよ」

　圭一はバックヤードの鏡で身だしなみを確認すると、フロアに出た。ピアノは流行のクリスタルピアノ。音はあまりよくないが、見栄えはする。すでに蓋が開いているピアノの前に座ると、指の動きと音を確認するために、いくつかのアルペジオを弾き出した。正確な音と滑らかな指の動きに満足して、圭一はピアノを弾き始めた。リクエストが来ることもあるが、基本的にここで弾く曲のチョイスは、圭一に任されている。だいたいライトなクラシック曲か映画音楽、イージーリスニングっぽい曲を弾くことにしている。今日はアンドレ・ギャニオンから始めた。滑らかなメロディラインを追いながら、自分の奏でる音に耳を澄ます。

「七尾さん」

ピアノを弾き続けていると、すっとウェイターが寄ってきた。

「リクエストです」

倒したままの譜面台の横に、メモを置いていく。

「わかりました」

ピアノを弾きながら、圭一は頷いた。圭一の座っている場所からは、ウェイティングバーが見通せない。大きく開けたピアノの蓋が視界を遮っているのだ。しかし、なんとなく習慣のようなもので、バーカウンターに視線を走らせた。

〝え……？〟

何も見えたはずがないのに、ふと既視感が圭一の感覚を襲った。すっと冷たい氷を背中に押し当てられたような感覚。そして、すぐに熱い光線を浴びたような感覚。相反するふたつの感覚に襲われて、圭一の指が止まりそうになる。

〝何なんだ、いったい……〟

これでもプロだ。指を止めず、華麗な音を弾《はじ》き出す。

〝この……妙な感じ……〟

一曲を弾き納め、二曲目はリクエストを弾こうと、メモを見る。

〝『ひまわり』……？〟

頭の中のライブラリィをさっと探り、愁いを帯びたメロディアスな曲を思い出す。

〝ずいぶんセンチメンタルだな……〟

リクエストが来る曲は、ロマンティックで甘い感じの曲が多い。映画音楽である『ひまわり』は名曲だが、バックグラウンドになっている物語が哀しすぎるせいか、あまりリクエストは来ない。だが、個人的には大好きな曲だ。アレンジを考えて、少しジャジーなものにすることにした。

〝誰がリクエストしてきたんだろう……〟

メロウではあるが、メロディラインの美しい曲だ。

「きれいな曲……」

「ちょっとジャズっぽいけど、これスタンダードじゃないよね……」

バーの客たちの話し声が聞こえる。

〝そっか……古い映画だもんな……〟

夢のようなひまわり畑。高く晴れ上がった空。哀しい物語を圭一は思い出す。すれ違い、結ばれなかった恋。圭一もＤＶＤでしか見たことのない映画だったが、その哀しみも含めて、大好きだった。

〝……リクエストでも来なかったら、思い出さなかったかも……〟

少し微笑んでしまう。自分と好きなものの似ているひと。いったいどんなひとだろう。

静かな余韻とともに曲を弾き納めて、圭一はすっと立ち上がった。ウェイティングバーのカウンターに向かって、リクエストのお礼のために頭を下げる。

「え……っ」

顔を上げて、圭一ははっとした。

「あのひと……」

立ち上がったことで、視界が開けた。ウェイティングバーのカウンターが見えて、こちらを振り向いている客の顔がわかった。そこには、圭一の見覚えのある顔があった。

「先生……」

色白の怜悧な顔立ち、すらりとした瘦身《そうしん》。眼鏡も白衣もないが、これほど整った容姿をもつ男性はそれほど多くないはずだ。

「末次先生……」

カウンターの右端、高いスツールに腰を下ろしていたのは、この前会ったばかりの小児科医だった。一度しか会ったことはないが、恐ろしく印象的なひとだ。見間違えるはずもなかった。彼は少し微笑んで、圭一を見ていた。

〝あそこの席からなら……〟

バックヤードから出てくる圭一の姿を見ることができる。彼は圭一を覚えていたのか。

〝もしかして……〟

予感のようなものがあった。

〝もしかして、この曲をリクエストしたの……〟

彼がこっちを見ている。不思議な色の瞳で。その視線に縛りつけられたように、圭一は動けなくなっていた。背中に冷たい汗が伝わる。

「七尾さん……」

じっと動かずにいた圭一の肩を、ウェイターがそっと叩《たた》いた。

「……どうしました？　マネージャーが……」

「あ……」

慌てて振り向くと、マネージャーがピアノを指さし、弾く手真似《てまね》をしている。

〝いけない……っ〟

いったい何秒くらいぼんやりしていたのだろう。圭一は椅子に座り、震える指で演奏を始める。何も考えずに弾き出したのは、パッヘルベルの『カノン』だった。

〝どうして……先生が……〟

ピアノの蓋越しにも、彼の視線を感じるようだった。彼の不思議な色の瞳が発せられる視線は、驚くほど熱く、圭一を射貫くようだ。

〝考えすぎ……〟

彼の隣には、人形のように美しい青年が座っていた。まるで作ったような美貌の青年が、彼の肩に軽く手をかけていた。連れなのだろう。怜悧な白皙の美貌を持つ彼と人形めいた

青年の組み合わせは、恐ろしいほど目立った。少し明かりを落としたウェイティングバーで、そこだけにスポットライトが当たっているると思われるほど、目立っていた。

〝僕になんか……気づくはずがない〟

圭一は、自分が目立つ方ではないことがわかっている。目鼻立ちは整っていると言われるが、華やかさやインパクトがない。音大時代に舞台に立つたびに、繰り返し言われたことだ。

「気のせいだ……」

小さくつぶやくと、圭一は今日の四曲目を弾き始めた。

「お疲れさまでした」

圭一はすれ違ったスタッフに挨拶《あいさつ》をしながら、通用口を出た。

「少し遅くなったな……」

圭一の演奏時間は三十分弾いた後、十分休み、また三十分弾く。そんな感じで演奏し、午後六時から午後十時までだ。その他、ウエディングパーティや催し物などで弾くこともある。今日は通常の仕事だ。

「月、きれいだな……」

　春の空はよく晴れていた。いつもは霞《かすみ》がかっている空に、煌々《こうこう》と満月に近い月が輝き、外はまるで昼のように明るい。

「……子供さんとふたり暮らしのパパの仕事としては、少し時間が遅くはありませんか？」

　よく通るバリトンが聞こえて、圭一はびっくりして立ちすくんだ。

「え……っ」

　顔を上げると、通用口の前にある銀杏《いちょう》の木の陰から、彼が姿を現した。

「末次先生……」

　すらっとした長身。怜悧に整った美しい顔立ち。やはり、眼鏡も白衣もないが、間違いなく末次医師だった。濃いグレイのシャツにクリーム色のジャケット、薄いグレイのパンツ。スクエアで清潔感のある容姿だ。彼が医師と言われて、まったく違和感のない容姿である。

〝えっと……〟

　でも、どうして彼がここにいるのだろう。

「あの……」

「ピアノを弾いてるのがあなたと気づいたので、演奏が終わる時間を教えていただいて、ここで待たせていただきました」

彼がゆっくりと近づいてきた。診察室では感じなかった、甘いトワレの香りが漂う。

〝何かの花の香り……百合《ゆり》の香り……？〟

ピアニストの卵だった圭一は、花束をもらう機会も多かった。男性にしては、花に詳しい。この甘く重く芳《かぐわ》しい香りは、大輪の百合の香りだった。

「……どうして……」

とびきり華やかな女性に似つかわしいこの香りが、なぜかこの医師には似合っていた。スクエアな容姿なのに、わずかに乱れた前髪やほっそりとした指先に、不思議な色っぽさが見え隠れしている。圭一は慌てて、頭をふるふる振った。

〝いかんいかん、この月と香りに……毒されてる〟

圭一は唇をきゅっと引き締めた。

「どうして、僕を」

彼は真っ直《す》ぐに、圭一を見つめてくる。不思議な色の瞳がゆらゆらと揺らめいて見える。

〝月の……光が射し込んで見えるんだ……〟

「パパが夜のお仕事をなさっているなら、お嬢さんはどうしているのかと思って」

「えっと……」

圭一は目をぱちぱちと瞬《しばた》いた。

「陽菜子は……預けてありますが」

「この時間だと、夜間保育ですか？」

「え、ええ……信頼している方がやっているところなので」

圭一は少し警戒気味に言った。

「僕がここで仕事をしている時は、いつも……お願いしています」

「ここでのお仕事は週四回ほどと聞きましたが」

「ええ……不定期ですが、平均するとそんな感じでしょうか」

「七尾さん」

彼は圭一の名前を覚えていた。

「いろいろと事情はおありと思いますが、五歳のお子さんが不規則な生活をするのはどうかと思います」

「末次先生……」

「今はよくても、小学生になれば、睡眠不足は学校生活に深刻な影響を与えます。いえ、幼い頃の睡眠不足自体が、将来にわたって悪影響を与えます」

末次の言い分は、小児科医として至極まっとうだった。まっとうすぎるからこそ、圭一は奇妙な反発を覚えてしまう。

〝僕だって……やりたくてやってるわけじゃない……っ〟

できることなら、昼間だけの規則的な仕事だけにして、夜は陽菜子と過ごしたかった。

しかし、少しでも無理の利くうちに、将来の備えをしておかなければならない。今の家を維持し、陽菜子に幾ばくかのものを残したかったからだ。

「僕は……ピアノを弾くことしかできません。ピアノを弾くことで、収入を得るしかないんです。陽菜子のためにも、少しでも……」

言いかけて、圭一ははっと口をつぐんだ。

〝僕、何を言ってるんだ……〟

「どうして、個人の事情にまで踏み込んでこられるのですか」

末次はたった一度、しかも夜間外来で診療をしてくれただけの医師だ。かかりつけですらない。たった一度、数分間の診療を受けただけの相手だ。

「失礼します」

軽く頭を下げ、圭一は彼の横をすっとすり抜けようとした。甘い百合の香りが、圭一を包む。

「待って」

彼の手が圭一の腕を軽く摑んだ。ふわりと花の香りが強く漂う。

「七尾さん……」

「離してください……っ」

圭一は彼の手をふりほどいた。滑らかでひんやりと冷たい指が、シャツの袖越しに肌に感触を残す。

「あの……失礼します……っ」

「七尾さん……っ」

花の香りが圭一の背中をふわりと包む。その香りから逃れるように、圭一は夜の中に走り出していった。

ACT 2

　春の日は、思ったよりも早く暮れる。少しオレンジ色がかった光が、レースのカーテンを透かして、レッスン室に射し込んでいた。このレッスン室の窓は西を向いていて、夕方になると一気に明るくなる。日が暮れてくると明るくなる……不思議な部屋だった。

「ボランティア……ですか？」

　圭一はすでにピアノの蓋を閉じ、レッスン室に置いてあるシンプルなソファセットで、生徒である少女とその母親と向かい合い、レッスン室に備え付けの冷蔵庫から出した冷たい紅茶を飲んでいた。

「ええ。うちの子も出ることになっていて」

「麻那《まな》ちゃんが？」

「ええ。この子の通っている保育園の園児たちが歌を歌うんです」

「病院でですか？」

　レッスンの後のちょっとしたおしゃべりだった。次のレッスンまで少し時間があるので、紅茶を飲みながら、バスの時間待ちも含めて、おしゃべりを始めたのだ。

「たまにあるんです。檜川総合病院って、エントランスホールにピアノがあるから」

「へぇ……」

陽菜子を連れていった時は夜だったし、正面玄関に面したエントランスホールは通らず、時間外入り口から真っ直ぐの救急外来での診療だった。

「きれいなピアノなの。ぴかぴかしてて」

少女が言った。

「七尾先生、先生がピアノ弾いてくれたらいいのに」

「え……？」

「保育園の先生より、七尾先生の方がピアノ上手だもの。保育園の先生、ピアノよく間違えるの」

「こら」

母親が少女を叱《しか》った。

「七尾先生がピアノお上手なのは、あたりまえでしょ。先生はピアニストになる勉強をなさっていたんだから」

母親たちのネットワークは侮れない。圭一が音大の大学院に行っていたことは知れ渡っているらしい。あのままだったら、圭一はヨーロッパに留学するはずだった。コンクールにもいくつか出て、それなりの成績を上げていたし、教授からも留学の打診をされていた矢先だったのだ。

「ねぇ、七尾先生」

「はい？」

母親がいいことを考えついたという顔をしていた。

「この子の言うことも確かだわ……。七尾先生、ピアノお弾きになってくださいませ
ん？」

「は、はい？」

話が飛んだ。圭一は目をぱちぱちさせる。

「僕がですか？」

「ええ。あのピアノ、とてもいいものだと聞いています。えーと……なんだっけ？　スタ
ンウェイじゃなくて……ベートーベンじゃなくて……」

「ベーゼンドルファー……」

「そうそう。そんな名前でした。すごくいいもので、調律もきちんとされてるってことで
す。先生、子供たちの伴奏は別として、先生のソロ、弾いていただけません？」

「え、えーと……」

話がいきなり展開しだした。

「そうだわ。今回の慰問は、娘の保育園のＰＴＡが主催で、私も一枚嚙《か》んでいるんです。

どっちにしても、子供たちの歌だけじゃ、間が持たないと思っていましたし……ねぇ、いかがでしょう？」

「ち、ちょっと待ってください」

圭一は、胸の前に両手を立てる。

「ま、麻那ちゃんのママのお考えだけでは……ことはあちらの病院のご都合もあるでしょうし」

「それは大丈夫だと思います。時間は一時間ということでいただいているんです。子供たちの歌で一時間は厳しいでしょう？　どちらにしても、何かプログラムを考えないとと思っていたんです」

こんないい考えはないと、母親はご満悦だ。

〝そういや……このママさん、ＰＴＡのエライさんだったっけ……〟

娘のピアノ教育にも熱心で、いつもきちんと付き添ってくる。娘にもちゃんとレッスンさせているらしく、麻那はレッスンの進みも早い。音楽的なセンスもある子で、このまま伸びていってくれれば、なかなか楽しみな子でもある。

「七尾先生、考えておいてくださいな。詳しいことは、またいろいろと確認してから、ご連絡しますので」

「は、はぁ……」

話はもう決まったと言わんばかりに、母親は娘を連れて、ご機嫌で帰っていった。

「……参ったなぁ……」

ドアを閉め、圭一はピアノの前に座った。

「……人前での演奏なんて……」

レストランでの演奏はしてきたが、あれは単なるＢＧＭだ。ソロで聞かせるようなレベルではない。人前でピアノを聞かせるなら、もっときっちりとレッスンしなければならない。

「参ったなぁ……」

話半分としても……もしも、弾くことになったら……。

「ちゃんと弾けるようにしておかなきゃなぁ……」

大学をやめて以来、生活と仕事に追われて、自分自身のレッスンがきちんとできていなかったのは確かだ。ＢＧＭは弾けても、音楽を聞かせるだけの腕を保ってきただろうか。

圭一は不安になる。

「もう少し……次のレッスンまで時間あるな……」

いつもバッグには入れていたが、ずっと開くことのなかったショパンの楽譜を開く。懐かしいエチュードが、すらりと長い指から弾き出された。

「へぇ……それで圭一さん、ピアノ弾くことになったの？」

香り高いコーヒーをいれてくれながら、笑子がくすくす笑っている。圭一は肩をすくめて、頷いた。

「早手回しに話が決まっていまして。もともとは、ひとりのお母さんの思いつきだったんですけど、翌日にはきっちり依頼がありました」

あの翌日、レッスンの合間に、保育園のＰＴＡ会長がアポを取って、訪ねてきた。

「で、一週間後なんですけど、子供たちの歌と七尾先生のピアノで、三十分ずつということでいかがでしょう」

にこにこと依頼され、圭一は思わず首を横に振っていた。

「む、無理です。一週間で、人前で弾けるようにするなんて……っ」

「でも、七尾先生、『ル・レーヴ』でお弾きになっているでしょう？」

『ル・レーヴ』は、圭一がアルバイトをしているレストランだ。公園に向いているサイドは、天井から床までいっぱいに窓が切られていて、光がたっぷりと入り、夜にはライトアップされる噴水が美しく見える、人気の店である。

「聞きましてよ。軽い曲をお弾きになっていましたけど、一緒に行った妹が……ピアノでは入れなくて、声楽で入ったんですけど……先生の後輩でして」

「清香《せいか》の……ですか？」

圭一が在学していたのは、清香音大のピアノ科だった。新興の音大だが、ピアノ科のレベルはかなり高い大学だ。ここ数年は海外のコンクールでも入賞者を輩出している。

「ええ。妹が言っていました。このピアノを弾いているひとは、ちゃんとしたクラシックの腕を持っているひとだろうって。聞くひとが聞けば、わかるんですね」

「いえ、あれは……っ」

「ね、ぜひお願いいたします。陽菜子ちゃんも喜んでくださいますよ」

「……」

陽菜子の名前を出されると、圭一は弱い。

「でも……」

「お願いします。保育園の子供たちの中には、先生のレッスンを受けている子供も多いですし」

「……」

「正直、子供たちの幼い歌も可愛いんですけど、やっぱり、長い時間は厳しいんです。先生のきれいなピアノで、ぜひ子供たちの応援をしてやってくださいませ」

圭一はそっと視線をピアノに走らせた。

〝陽菜子の前で、ベーゼンドルファーを弾ける……〟

ベーゼンドルファーは、圭一が何より憧《あこが》れていたピアノだった。大学のホールに置いてあったベーゼンドルファーの音色が、圭一は大好きだった。いつか、このピアノを自由に弾きたい……自在に弾きたいと思って、レッスンを重ねていた。

「……わかりました」

圭一は頷いた。

「……ご依頼をお受けいたします」


「それで？　何を弾くの？」

笑子に聞かれて、圭一は曖昧に首を横に振る。

「まだ、今日いただいたばかりの話ですし、決めていません」

「じゃあ、陽菜子、あの曲がいいな」

いつの間にか、そばに来ていた陽菜子が言った。

「くるくるくるくる、わんちゃんが踊るの」

「え？」

「ああ……」

圭一は笑った。

「ショパンの『子犬のワルツ』です。陽菜子のお気に入りで」

「なーんだ」

笑子もくすくすと笑う。

「そう。陽菜ちゃんはショパンが好きなのね」

「あ、そうか……」

圭一ははっと気づいたように頷く。

「そうですね……ショパンはわりとメジャーな曲が多いから、いいかもしれませんね……」

それに、ショパンは圭一が得意とする作曲家だ。タッチが比較的軽く、パワーよりもテクニックで押すタイプのピアニストだった圭一は、ショパンやリストを得意としていた。

「いいよ、陽菜子。子犬のワルツ、弾くことにしよう」

「わぁい」

陽菜子が大喜びで、圭一の手を握り、ぶんぶんと揺する。

「圭一くんのわんちゃん、大きなピアノでくるくる踊るのね」


檜川総合病院のエントランスホールは三階くらいまで吹き抜けになっていて、天窓から射し込んだ光がきらきらと踊っていた。磨き上げられたピアノは蓋をいっぱいに開かれて、誇らしげに輝く。

「本当にベーゼンドルファーだ……」

そっとピアノに触れる。演奏する場所が病院のエントランスという都合上、試弾はできなかったので、保育園の先生に頼み、子供たちの歌の伴奏を代わってもらい、指慣らしとタッチ、音の確認をすることにした。

「本当に、伴奏していただいていいんですか？」

陽菜子の担当保育士が、そっと圭一に囁《ささや》いた。圭一は微笑んで頷く。

「かえってありがたいです。弾いたことのないピアノで演奏するのは、やっぱりやりにくいですし、緊張もしますから」

子供の斉唱の伴奏レベルなら、圭一ほどの腕がなくても十分だ。そして、圭一なら、初見で十分でもある。さすがに子供相手にそれはできないので、昨日の午後、保育園に行って、軽くリハーサルをした。

ホールには椅子が並べられ、患者や見舞客たちが座り、まわりには車椅子の患者も並んでいる。二階や三階のバルコニーのようになった部分にも、患者やスタッフたちがいる。

〝音はどんな感じかなぁ……〟

ここでの演奏を聞いたことがないので、音がどう反響するのか、ぴんと来ない。音楽ホールとして作られたわけではないので、あまり期待しない方がいいだろう。子供たちが列を作って、歌を披露するひな壇に進んでくる。ぱちぱちと拍手が広がる。手を振ったりしながら、子供たちが並び、最後に目立たないように圭一がピアノの前に座った。

〝ベーゼンだ……〟

わずかに象牙《ぞうげ》色をしたキーに指を置く。

〝タッチは深めだ……〟

少し重い音が流れ出した。高音は華やかだ。子供の歌の伴奏でも、そのきらららかな音が際立って聞こえる。

「ぞーうさん、ぞーうさん……」

子供たちが歌い出す。罪のない澄んだ歌声に、患者たちの顔がゆるむ。

「可愛いわねぇ……」

「ほら、あの子。あんなに大きく口を開けて」

『ぞうさん』『チューリップ』……懐かしい童謡が次々と響き渡る。子供たちの歌声と深く響くピアノの音色。圭一は微笑みながら、ピアノを弾き続けた。

「それでは、次はピアノの演奏をお聞きいただきます」

司会役の保育士がマイクを取った。

「伴奏をしてくださっていた七尾圭一先生のピアノ独奏です」

マイクを受け取って、圭一は少し緊張した声で言った。

「初めまして、七尾です。今日はショパンの曲をいくつかお聞きいただきます」

そして、椅子に座り直すとふうっと息を吐いた。キーの上に指を置く。軽く目を閉じると頭の中がすうっと晴れていく。ポンと指がキーの上に落ち、次の瞬間、きらめかな音が弾き出された。

「『幻想即興曲』……」

低くよく響く声が、その曲の名を口にした。

「……あのピアノ……あんな音がしたんだな……」

〝思ったよりよく鳴る……〟

圭一は高く飛び立っていく音に、満足を覚える。管理の行き届いたホールの音とは違ったが、まろやかに角の取れた音が響く。タッチを少しコントロールしてやるだけで、響きは変わった。残響が重なり合わないように気をつけ、音が濁らないようにしながら、曲を弾き進めていく。

「へぇ……すごいな……」

あの細い指から、あれほど華麗な響きが生まれるとは。彼は少し意外に思いながら、目を閉じた。

最後の曲である『ノクターン第二番』を弾き納めて、圭一はすうっとキーから指を上げた。椅子から立ち上がり、ピアノに片手をかけて、深く頭を下げる。拍手がわぁっと広がった。

「七尾さん」

保育士がぱちぱちと拍手をしながら、目を輝かせていた。

「すごいすごいっ！　ピアニストみたい……っ」

「はは……」

圭一は笑うしかない。

〝思ったより……ちゃんと弾けたかな……〟

レッスンの時間は思ったほどとれなくて、やはり長い曲は弾けなかった。五分ほどのポピュラーな小品を並べたプログラムにした。しかし、逆にそれがよかったらしく、聴衆は飽きずに聞いてくれた。圭一がピアノを弾いているうちに客が増え、気がついたら、ホールもバルコニーも聴衆でいっぱいになっていた。

「圭一くん、かっこいいいっ」

園児たちの中にいた陽菜子も大喜びだ。大きな拍手に、圭一はもう一度頭を下げ、ふと肩のあたりに熱いものを感じた。

〝え……〟

視線を巡らせる。

「え……っ」

人垣の間に、ひときわ長身の姿が見えた。すらっとした細身の長身。柔らかそうな髪をゆるくかき上げ、彼が微笑んでいた。眼鏡の奥のグレイに近い瞳。その瞳がじっと圭一を見つめていた。

〝まるで……視線に体温があるみたいだ……〟

圭一はその視線から逃れるように、ステージになっているところから下り、子供たちの間に入っていく。

「圭一くん……っ」

陽菜子がまとわりついてくる。

「圭一くん、すごいすごいっ！　すごくかっこいい……っ」

「はは……ありがとう、陽菜子」

まわりをくるくる回る陽菜子に引っ張られながら、笑う圭一に近づいてくるひとがいた。

「……あ」

陽菜子がぱっと動きを止めた。

「お腹のせんせいだっ」

「え」

圭一は振り向いた。

「あなたは……っ」

「お腹のせんせい、圭一くんのピアノ、聞いてた？」

陽菜子が白衣のひとに近づいていく。

「ああ、聞いていましたよ」

彼、末次が答えた。今日は病院の中なので、初めて会った時と同じように、プレスのきちんと効いた白衣と眼鏡をかけた姿だ。あの夜に感じたような、降りこぼれるような色っぽさはなく、スクエアな清潔感だけがある。

「すごいね。とてもきれいな音だった」

そばに立って見上げてくる陽菜子の髪を撫でながら、彼が言った。

「レストランでお聞きした時も素晴らしいと思いましたが。ピアニストだったんですね、七尾さん」

「そうよ。いつもはピアノ教えてるの。すごく上手なの。圭一くんは、ピアノ弾くのも教えるのも、すごく上手なの」

「陽菜子」

子供たちがわいわいと周囲に寄ってきていた。母親たちも寄ってきている。

〝本当に人気あるんだ……この先生……〟

腕も人当たりもいい末次が、母親たちに人気があるのはわかる。しかし、子供たちにも人気があるのは、少し意外だった。

「せんせい、また保育園に来てね」

「また来てね」

「ああ、そろそろ健康のお話の時期だからね。また行くね」

「来てね」

「来てね」

「ほら、みんな、帰りますよ」

「はぁいっ！」

保育士に声をかけられて、子供たちはまた並んで、ホールから出ていった。圭一は少し考えてから、その後についていくことにした。このまま陽菜子を引き取って帰ろうと思ったのだ。

「七尾さん」

背中にふわっとかけられた声に、圭一はぎくりとして振り返った。ケーシータイプの白衣の上に羽織った長白衣のポケットに手を入れて、末次が立っていた。

「このピアノ、私が赴任する前からありますが」

「あ、はい……」

「演奏会も何回か聞きましたが、こんなに美しく華麗な音で鳴るのは聞いたことがない。あなたはピアノに愛されているようですね」

「いえ……」

圭一はうつむいた。彼の視線は相変わらず体温があるようで、とても熱い。しかし。

〝あんなに子供たちに慕われるってことは……いいひとなのかな……〟

陽菜子の髪を撫でる手は、びっくりするくらい優しかった。彼の視線は少し怖いけれど、得体が知れないけれど……。

〝最初に少しきついこと言われたから……先入観があるのかな……〟

「あの……失礼します」

「七尾さん」

ぺこりと頭を下げ、踵《きびす》を返そうとした圭一を呼び止めて、末次がふっと微笑んだ。グレイの瞳を細めるようにして、彼が圭一を見つめる。

「もし……もしも、どこかで演奏されることがあったら、ぜひ私にも教えてください」

「あ、あの……」

圭一は口ごもった。

「……ピアノ教室の講師コンサートくらいでしか弾くことはありませんが……」

年に一回、市内のホールで、音楽教室の講師コンサートがある。

「それでよろしければ……」

子供には、特別なセンサーがあると思う。ひとを先入観なしに見る特別なセンサーが。

その子供たちが、彼を慕っている。

〝陽菜子が……なついてるんだから……〟

「あの」

圭一は顔を上げた。少しためらいながら、彼のグレイの瞳を見つめ返してみる。

〝うわ……〟

少しまぶしいものを見るように、彼は目を細めている。いつも、彼を見かける前に感じていた異様な熱さはなく、ただ静かに、しかし真摯《しんし》に見つめてくる瞳がそこにあった。圭一は、再びうつむいてしまう。

「秋に……あります。近づいたら……お知らせします」

「ありがとう。楽しみにしています」

彼の声はやはり極上のバリトンだ。圭一はぺこりと頭を下げると、飛び立つように、陽菜子たちを追って走り始めた。

『ル・レーヴ』の閉店は午後十時だ。閉店と同時に、圭一はピアノを弾き納め、さっと着替えて、通用口を出た。

「雨降りそう……」

空は霞《かす》んでいた。月は見えず、雲が低い。

「早く陽菜子を……」

ここから、陽菜子を預かってくれている笑子の保育所までは、車で三十分かかる。風呂《ふろ》には、笑子が入れてくれているので、圭一は眠っている陽菜子を抱き上げて車に乗せ、家に帰って、そっとベッドに寝かす。陽菜子は寝つきのいい子で、車の中で目を覚ましても、すぐにまた寝入ってしまう。

「陽菜子を迎えに行かなきゃ……」

通用口は目立たない。薄暗いそこから、そっと滑り出た時、圭一の敏感な聴覚に何かが聞こえた。

「え……？」

「待ってよ……っ！」

高い声がした。しかし、それは女性の声ではない。甲高くうわずっているのは、若い男性の声だった。

「待ってよ……っ！　行かないでよ……っ！」

〝何なんだろう……〟

圭一は足を止めた。ひとの気配を感じて、そっと通用口の陰に隠れる。なんとなく、顔を出しづらい雰囲気だ。春の夜はぼんやりと霞がかかったように薄暗く、空気もどこかとろりとしているようだ。その空気を破るようにして、声が響く。

「祥彦《よしひこ》さん……っ」

「ひとの名前をでかい声で叫ぶな」

低くて、響きの甘い声がした。

「ここは『ル・レーヴ』のスタッフ口だ。ひとの耳があるぞ」

「そんなのどうでもいい……っ」

圭一はそうっと顔を出した。

〝あ……あれは……っ〟

街灯がうすぼんやりと灯《あか》りを落とす。その下に、足を踏み込んできたのは、一度見たら忘れられないような美貌の青年だった。

〝あのひと……っ〟

人形のように、白く整った顔立ち。おしゃれなスーツの似合う、ほっそりと華奢《きゃしゃ》な身体。

〝この前、末次先生の隣にいた……〟

青年の顔は、あの時のようにつんと澄ましてはおらず、涙でぐしゃぐしゃだった。アーモンド型のきれいな形の目からぽろぽろと涙がこぼれだしている。

「どうして……どうして、急に別れるなんて言うの……っ」

〝え〟

彼が叫んだ。

「祥彦さん……っ、どうして……っ！」

ゆったりと淡い春の闇《やみ》の中から、長身が姿を現した。

〝嘘《うそ》……っ〟

整った顔立ち、すらっとした細身の長身。淡いグレイのスーツに、黒に近いほど濃いグレイのシャツ、ワイン色のアスコットタイ。両手をスラックスのポケットに入れ、口にしていた煙草《たばこ》をすとんと足下に落として、彼はその吸い殻をゆっくりと拾い上げた。

「だから、でかい声を出すな。色気のない奴だ」

携帯灰皿に吸い殻を入れて、ポケットにしまうと、彼、末次医師はゆっくりと身体の向きを変えた。

「色気のない奴はつまらん」

滴るような色香を含んだ声音だった。語尾が甘く響き、聞いているだけでどきどきするような深い声だ。

「だって……急に……」

「別に急じゃない」

末次は粋に肩をすくめた。白衣姿の時の清潔感はそのままだが、その時にはなかったセクシュアルな香りが匂《にお》い立っている。今日も彼は、重く甘い百合の香りをまとっていた。微かな風にふわりと軽いジャケットの裾《すそ》が舞い、甘い香りが圭一のもとに届く。

「おまえに会った時から考えてた。いつ別れようかとな」

「祥彦さん……っ」

「私はそういう男だよ。会った時から考えている。いつ別れようか、どう別れようかとね」

「そんなの……っ」

美青年の瞳から、また涙がこぼれる。

「僕……祥彦さんなら……長くつきあえると……思ってたのに……っ」

「なんで？　私が医者だからか？」

末次がくすりと柔らかく笑う。

「贅沢《ぜいたく》が好きなおまえをずっと遊ばせてくれると思っていたか？　瑛斗《えいと》」

「そんなことじゃない……っ」

瑛斗と呼ばれた青年が涙声で言った。

「祥彦さんは……すごく優しかった。僕が何をしても……どんなひどいことを言ってしまっても、絶対に怒らなかった……」

「そうだな。おまえは私を試していた」

末次が笑みを含んだ口調で言う。

「私が、どこまで許すか……私の忍耐力をおまえは試していたな」

「だって……っ」

瑛斗が叫ぶ。

「そんなことでしか……僕は愛を計れない。どれだけ愛されているか……いつも、確認していないと不安だったんだ……」

「歪《ゆが》んでるね」

末次はさらりと言った。

「そんな関係は恋愛じゃない。依存だな」

「祥彦さん……」

末次の言葉はどこまでも乾いている。甘く柔らかい口調で、クールそのものの乾いた言葉を投げる。

「瑛斗、私たちは楽しく遊んできただろう？　私は完璧《かんぺき》に、おまえに遊ばれる男を演じてきたはずだ。もう、満足しただろう？」

〝恋愛……遊ぶ……？〟

完全に出ていく機会を失って、圭一は立ち尽くしている。

〝どういうこと……？〟

「初めから遊びだったはずだ。おまえもそのつもりだっただろう？」

「そんなこと……っ」

「遊びだったはずだ。遊びでなかったら……」

ポケットから煙草を出し、末次はすっとくわえる。

「行きずりで、会ったその日に寝たりはしないさ」

〝寝る……って……〟

「遊びにはいつか終わりが来る。いくら楽しくたって、必ず終わりが来る」

夜の中に、ぽっと赤い灯が点《とも》る。

「おうちに帰るんだな、瑛斗。もうゲームオーバー……おうちに帰る時間だ」

煙草を指に挟み、末次はすっと視線を上げた。

〝え……っ〟

圭一の目の前、わずか数メートルのところまで、末次が近づいてきた。

〝ま、まずい……っ〟

圭一は、反射的にドアにしがみついていた。

〝見つかっちゃう……っ〟

末次の手が伸びた。煙草を弾き飛ばし、その手で瑛斗の胸ぐらを掴む。

〝え……っ！〟

「祥彦さ……っ」

立ち尽くす瑛斗をぐいと引き寄せる。その力は見ていて恐ろしいほどのものだった。瑛斗を近々と引き寄せると、末次はふっと笑った。薄い唇がわずかに歪み、完璧な容姿に微かなひび割れを作る。その細いひびから、とろりと降りこぼれるのは、甘く苦い毒だ。

〝見ちゃ……いけない……っ〟

しかし、目を閉じる間もなく、末次の唇が瑛斗の唇を奪った。

「……っ！」

ふたりの唇が深く重なる。末次の腕が瑛斗の細い腰を抱き寄せる。

〝う……そ……っ〟

圭一の胸がどきどきと高く鼓動を刻む。同性同士のキスシーン。それも固く抱き合い、深く長いキスだ。末次の背中に回った瑛斗の手がぱたりと力なく落ちる。吐息を奪い、声を奪い、末次は瑛斗を蹂躙《じゅうりん》する。まるで内側から彼を壊そうとしているかのように、容赦なく深いキスを与える。そこに甘さはない。これほど濃厚な……見ている方が恥ずかし

JAZZ
Jack Knife

くなってしまいそうなキスなのに、少しも甘さを感じない。むしろ、ぞっとするような残酷さを感じてしまう。

〝末次先生……ゲイ……だったんだ……〟

瑛斗の身体がふっと揺らいだ。末次がすうっと手を離し、瑛斗の膝が崩れる。

「……ひどい……よ……」

瑛斗が泣き崩れた。

「こんな……こんな……の……」

カツンと靴音が響いた。軽くジャケットの裾が舞い、重い百合の香りが降りこぼれる。闇の中に、ひらりと白い手が翻った。

「バイバイ、瑛斗」

こんな時にも、彼の声は甘く深く響いた。

自分の車がオートマチックミッションであることに、圭一は感謝していた。

〝でなかったら……絶対エンストしてる……〟

事故も起こさず、無事に笑子の保育所に着くことができたのを、圭一は心から神に感謝していた。

〝やだなぁ……まだ胸がどきどきしてる……〟

息を大きく吐いて、圭一はハンドルに寄りかかった。

「キスなんて……見たことなかったから……かな……」

キスをしたことがないなんて、そんなうぶなことを言うつもりはない。でも、あんな……あんなどきどきするような、生々しいキスはしたことも、見たこともない。ふたりの美しすぎる男のキスシーン。それを見て、圭一は息をすることすらできなかった。胸が苦しくなって、ただその場で息を潜めることしかできなかった。

「……陽菜子、迎えに行かなきゃ……」

しかし、足に力が入らない。全身が痺《しび》れたようになって、立ち上がることもできない。

「……そんなにショックだったのかなぁ……」

とりあえず、固まった身体をほぐすように肩を上下しながら、圭一は独りごちた。

「その方がショックかも……」

圭一の学生時代には、ゲイの友人もバイセクシュアルの友人もいた。彼らは、独特の美意識や感性を持っていて、圭一はつきあっていて楽しかった。同級生の中には、セクシュアリティの異なる彼らから距離を取りたがるものもいたが、圭一はなんとも思わなかった。彼らは人間的な魅力があったし、親しくつきあうことで、圭一にはたくさんのメリットがあったのだ。大学を退学した今も、その数人とつきあいがある。

〝……偏見ないつもりだったんだけどなぁ……〟

ようやく、足に力が入ってきた。少しふらつきながら、車から降りる。

「あら、お帰りなさい、圭一さん」

保育所のガラスドアを軽くノックすると、さっとカーテンを開いた笑子が、すぐにドアの鍵を開けてくれた。

「遅かったのね」

「え、ええ……」

「少し前に車が入ってきたから、すぐ来ると思ってたんだけど」

「あ、ええ……ちょっと……電話かかってきて……」

圭一は靴を脱いで、中に入った。

「圭一くーん」

陽菜子が眠そうな声で言って、とことこと近づいてきた。

「陽菜子、まだ起きていたのかい？」

「さっき寝たのよ。でも、喉《のど》が渇いたって起きてきたところ」

笑子がにっこりしてから、圭一の顔をのぞき込んだ。

「あら、どうしたの？　圭一さん、顔色悪いわよ？」

「え……っ」

「顔、青くない？　大丈夫？」

近づいてきて、額に手を当てようとする笑子から慌てて逃げる。

「は、はは……そうですか？　照明のせいじゃないかな……。さ、陽菜子、帰ろう」

「うん……眠たい……」

そして、あくびをしている陽菜子を抱っこする。圭一の胸にもたれて、陽菜子はすうすうと寝息を立て始めた。その罪のない寝顔を見て、圭一はぼんやりと考える。

〝今度、陽菜子が風邪ひいたりしたら……どこに連れていこうかなぁ……〟

はっとした。

〝何考えているんだ……〟

末次は間違いなく優秀な医師だ。子供たちにも、母親たちにも慕われている。そんな医師が近くにいてくれる。安心できるはずなのに、圭一は無意識のうちに、彼を避けようとしている。

〝あの人が……ゲイだから……？〟

違うと否定したい気持ちと、今度彼に会ったら、いったいどんな顔をすればいいのか……できることなら、会いたくないという気持ち。ふたつの気持ちの間で、圭一は揺れ動く。

〝やっぱり……偏見持ってたんだなぁ……〟

音楽高校から音大という、少し浮き世離れした世界で生きてきた圭一のまわりには、ごく自然にさまざまなセクシュアリティの人間たちがいた。

〝少しも嫌だなんて思わなかったし……、理解ある方だと思ってたのになぁ……〟

「圭一さん」

すっかり眠ってしまった陽菜子の髪を軽く撫でて、笑子が気遣わしげに、圭一を見る。

「どうしたの？　何かあったの？」

「い、いえ……本当に何もないんです。失礼します。おやすみなさい」

陽菜子を抱いたまま、圭一は靴を履いて、玄関を出た。車のドアを開けるために、笑子がついてきてくれる。

「圭一さん、病院でピアノ弾いたんですって？」

「え……」

笑子が車のドアを開けてくれる。圭一は陽菜子をそっと寝かせ、車のドアを閉めた。

「ああ……陽菜子ですか」

「ええ。圭一くんがかっこよかったって、もう大喜び。圭一さん……」

「はい？」

「ごめんなさいね、何も……してあげられなくて」

笑子がためらいがちに言った。

「うちがあなたに十分なことをしてあげられたら……あなた、ピアノを諦《あきら》めずにすんだのに……」

「笑子さん」

圭一は微笑んだ。このひとは優しいひとだ。兄が選んだ美しいひとと同じ、本当に優しいひとだ。

「僕は笑子さんに十分すぎることをしていただいています。陽菜子を預かっていただいて、いろいろフォローもしていただいて。笑子さんがいてくださるから、僕は陽菜子を引き取ることができたんです。兄の……大切な陽菜子を」

圭一にとって、陽菜子は兄の忘れ形見だ。親に捨てられた圭一を拾い上げ、ピアノという心の支えを与えてくれた兄の大切な忘れ形見なのだ。陽菜子を手放すことは、圭一にとって考えられないことだった。しかし、ピアノしかない圭一にとって、陽菜子を養い、生活をしていくことは思った以上に大変なことだった。それを支えてくれているのが、笑子だ。

「おやすみなさい、笑子さん。いつも、ありがとうございます」

「今度、外で演奏する時は、私にも教えてね」

「ええ、必ず」

圭一は頷くと、車に乗った。

ACT 3

雨の園庭は、花が咲いたように華やかだった。さまざまな色や模様の傘が開き、薄暗い春の雨の日を彩っている。

「陽菜子、どうしたの?」

ピンク色の傘を持ち、とぼとぼと玄関を出てきた陽菜子を見て、圭一は駆け寄った。

「陽菜子?」

「ああ、七尾さん」

保育士の中の唯一の男性が寄ってきた。胸には『多田野《ただの》』というくまさんの名札をつけている。

「すみません。今日は陽菜子ちゃん、ちょっとご機嫌斜めで」

「……」

陽菜子は黙って、圭一に抱きついた。雨に濡《ぬ》れないように、慌てて自分の傘に入れる。

「何かありましたか?」

「いえ、給食の後から、ずっと泣き続けで。まわりの子に聞いても、理由がわからなくて……」

「わかんないの」

陽菜子がくすんくすんと泣きべそをかきながら言った。

「急に……悲しくなったんだもん。泣きたくなったんだもん……」

「陽菜子……」

陽菜子は両親を失っている子供だ。京都から東京に来てから一年、最初から機嫌良く、明るく保育園に通い、すぐに友達にも保育士にも慣れたので、つい圭一も周囲も、彼女がつらい境遇にある子供だということを忘れてしまうが、時々、陽菜子はこんなふうに、心のバランスを崩すことがある。

「そうだね……泣きたいこともあるよね」

圭一は陽菜子を抱き寄せた。

「すみません。ご心配をおかけしました」

「いえ」

多田野が首を振る。

「……そうですよね。すみません、こちらこそ配慮が足りなくて」

彼も、陽菜子の置かれている境遇に気づいたのだろう。みんな、陽菜子が明るく可愛らしいので、つい忘れてしまう。もしかしたら、いちばん周囲に気遣っているのは、陽菜子かもしれない。

「陽菜子ちゃん……」

多田野は陽菜子の方に屈み込んだ。

「ごめんな、先生気づかなくて。また……元気においでな」

「うん……」

陽菜子は圭一の陰に隠れるようにして頷いた。

「先生……さよなら」

「さよなら、陽菜子ちゃん」

「お世話になりました」

圭一は陽菜子の傘を開いてやり、小さな手に持たせた。

「行くよ、陽菜子」

「うん……圭一くん」

圭一は陽菜子と手をつないで歩き出した。


レストランでのピアノ演奏がない時、圭一は、レッスンを午後六時には終わらせるようにスケジュールを組んでいる。

「今日はロールキャベツにするからね」

「うん……」

　家に帰っても、陽菜子は元気がなかった。

「圭一くん、ピアノ弾いていい？」

「いいよ。手を洗ってからね」

「はぁい……」

　少しして、ピアノ室のドアを閉じる音がした。ピアノ室は防音室になっている。ピアノを弾く時は、必ずそのドアを閉めることを陽菜子も知っていた。

「さてと……」

　ロールキャベツは時間がある時にまとめて作って、冷凍してある。陽菜子のために小さめに作ったそれを冷凍庫から取り出し、圭一はスープを作り始めた。コンソメスープに野菜をたっぷり入れ、味をみながら煮込んでいく。スープを煮ながら、洗濯機を回す。雨だから、乾燥機を使わなければならない。洗濯物はお日様に当てたいが、子供がいると洗濯物はつい増えてしまう。あまりためないうちに片付けてしまいたかった。

「こんなもんかな……」

　スープに解凍したロールキャベツを入れて仕上げ、乾燥機に洗濯物を入れる頃には、時計は七時を回っていた。

「いけない、こんな時間だ」

雨も手伝って、すでに外は真っ暗だ。

「陽菜子？」

もう家に帰ってから一時間ほど過ぎている。陽菜子がひとりでピアノを弾く時間としては長い。圭一はエプロンを外して、ピアノ室に向かった。

「陽菜子？」

ピアノ室を開ける。まだカーテンを引いていない室内は薄暗い。圭一は灯りをつけた。

「陽菜子……」

陽菜子はローテーブルにうつぶせるようにして眠っていた。ピアノは蓋が開かれている。ピアノを弾いているうちに、眠くなってしまったのだろう。

「寒いな……」

部屋にはエアコンが入っていなかった。室内の空気はひんやりと冷たい。

「陽菜子、陽菜子……」

陽菜子を揺り起こす。

「うん……圭一くん……」

陽菜子が眠そうに目を開ける。

「陽菜子、ご飯食べてから寝よう。ロールキャベツ煮えたよ」

「うん……」

陽菜子を抱き上げると、その小さな肩が冷たくなっていた。

「陽菜子、寒かっただろう？」

「うん……寒い……」

薄着はさせていなかったつもりだが、家の中にいるのだから、コートも何も着ていない。

圭一は陽菜子を抱いて、温かいキッチンに入った。小さなダイニングテーブルには、ほかほかと温かく湯気を立てるロールキャベツが二皿。

「圭一くん、陽菜子、ご飯よりパンがいい……」

「ロールパンでいい？」

「うん……」

まだ陽菜子は元気がない。それでも、パンを出し、少し温めてやると、ロールキャベツのスープにつけて、おいしそうに食べ始めた。

「陽菜子、お行儀悪いぞ」

「だって、こうやって食べるの、好きなんだもの」

いつもなら叱るところだが、今日は甘やかすことにした。陽菜子は小さな身体で、いろいろなことを受け止めている。たまにそれがあふれ出すことがあっても、不思議ではなかった。いや、あふれ出さない方がおかしいのだ。かえってこんなふうに、たまに陽菜子が感情をあふれ出させると、圭一は逆にほっとする。

〝陽菜子は……まだ小さな子供なんだ……〟

陽菜子は、圭一のたったひとつの光だった。何もかもを失ってしまったと絶望する中で、小さな陽菜子の存在だけが、圭一の生きる希望だった。

「おいしい？」

「うん、おいしいっ！」

お腹が温まり、陽菜子は元気を取り戻したようだった。

「圭一くんのごはん、大好き」

フォークを取って、陽菜子はロールキャベツをぱくぱくと食べ始めた。


圭一と陽菜子がベッドを並べている部屋は、東向きだ。朝になると、いちばんに光が射し込んでくる。

「今日はいい天気だ……」

明け方までしとしとと降っていた雨は上がり、きらきらの日が射し込む。カーテンを開けて、圭一は振り返った。

「陽菜子、起きなさい。朝だよ」

「うん……」

布団に潜っていた陽菜子が、顔も出さないまま答える。

「圭一くん……頭痛い……」

「え……」

「喉も痛い……」

圭一は慌てて、開けかけた窓を閉め、エアコンを入れた。

「陽菜子、もしかして……」

布団を押しのけて、くるくるとくるまっている陽菜子の顔を見た。

「あちゃ……」

色白の陽菜子の顔は、熱で真っ赤になっていた。目も潤み、ぼんやりしている。額に手を当てると、熱を測らなくてもはっきりわかるほど熱くなっていた。

「風邪ひいたみたいだね……」

「うん……」

昨日、寒いピアノ室でうたた寝してしまったせいだろう。

〝雨だったんだから、エアコンを入れてやればよかった……〟

家事がたまっていることに目が行って、つい陽菜子のことをおろそかにしてしまった。

〝陽菜子が落ち込んでいることはわかっていたのに……〟

どうして、陽菜子を第一に考えてやらなかったのだろう。目の前で、元気のない陽菜子を見ていたのに。

「ごめんね……陽菜子……」

圭一はベッドサイドテーブルの引き出しから、体温計を取り出した。陽菜子の脇《わき》に挟み、体温を測る。

「……三十八度五分か……」

「圭一くん……寒い……」

「あ、ああ、ごめんね」

ベッドから毛布を取って、陽菜子をくるくると包む。そのままベッドに寝かせ、布団を肩までかけた。

「とりあえず……何か温かいもの……」

キッチンに走っていって、ミルクを温める。熱くない程度に温めて砂糖を入れ、ベッドに戻った。

「陽菜子、これ飲める？」

「うん……」

抱き起こしてやると、陽菜子は圭一が差し出すカップに唇をつけた。

「……喉痛い……」

一口飲んで、陽菜子は顔をしかめる。

「喉痛くて……飲めない」

「そっか……」

圭一は時計を見た。午前八時。もう少しすると、病院が始まる。

「末次先生……」

近くに小児科の開業医はいない。いちばん近いのが檜川総合病院だ。陽菜子をベッドに残し、圭一は電話のところに来た。壁には救急関係の電話番号がまとめて貼ってある。ついでに、この前病院でもらってきた外来診療医の表も貼ってあった。

「今日は……末次先生だ……」

小児科の診療医はふたり。今日は末次に当たっていた。

「……」

彼の顔を、なんとなく見られない気がした。どんな顔で見たらいいのか、わからなかった。

「でも……そんなこと言ってらんないよね……」

今から行けば、かなり早い時間に診てもらえるだろう。というより、さっさと行かなければ、混んでしまう。あんな状態の陽菜子を長い時間待たせたくない。

「……行こう」

圭一はベッドルームに振り返った。

「陽菜子……」

陽菜子は圭一にとっての宝物だ。何があっても、いちばんに考えなければならない。圭一はベッドルームに戻ると、毛布にくるんだままの陽菜子を抱き上げた。

「陽菜子、病院に行くよ」

「圭一くん……」

「治してもらわなきゃね」

彼に会いたくない。でも、会わなければならない。

〝僕の感情なんて、どうでもいい……〟

圭一は陽菜子を抱いて、玄関に向かった。


予想通り、病院は混んでいた。しかし、高熱のある陽菜子は、廊下のソファではなく、処置室のベッドに入れてもらえた。

「圭一くん……寒い……」

看護師が気を利かせて、電気毛布を持ってきてくれた。圭一は看護師に陽菜子を頼み、飲み物を買いに行った。廊下に出て、自販機を探していると、軽く肩に触れられた。

「え……？」

　振り返ると、そこに立っていたのは、長身の医師だった。

「末次先生……」

　いちばん会いたくないはずのひとに、心の準備ができないままに会ってしまった。圭一は呆然《ぼうぜん》として、彼を見上げる。

「どうしました？」

　前に聞いた時と少しも変わらない、滑らかなバリトンヴォイス。あの夜の滴るような色香はなく、清潔な柔らかい響きの声だ。圭一はなぜか少しほっとして、くるりと身体の向きを変え、自販機を見つけた。一、二歩、末次から離れて、スポーツ飲料を買う。

「あの……陽菜子が熱を出して……」

「陽菜子ちゃんが？」

「昨日、少し冷えてしまったようで、今朝《けさ》起きたら、熱を出していて、喉が痛いって言って」

「そうですか……」

　これから診療にあたるらしい末次は、さっと外来に向かって歩き出していた。

「特別扱いはできませんが、なるべく早く診られるようにしましょう」

「あ、ありがとうございます……」

「いえ。では、陽菜子ちゃんのそばにいてあげてください」

「あ、はい……」

すっと外来に入っていった末次を追うようにして、圭一は処置室に戻った。


「お待たせしました」

看護師が陽菜子のそばに来たのは、外来が始まって一時間ほど過ぎた頃だった。待ち時間は短くなかったが、処置室に休ませてもらったせいで、陽菜子の様子は落ち着いていた。

「やぁ、陽菜子ちゃん。先生を覚えてる？」

「うん……」

末次が処置室に入ってきた。すらっとした身体を白衣で包み、あの夜の奇妙な色っぽさは跡形もなく、彼は有能な医師そのものの顔をしていた。

〝もしかして……あれ、見間違いだったのかなぁ……〟

「熱は？　八度五分か……。喉を診せてくれる？」

陽菜子の胸の音を聞き、末次は口を開けた陽菜子の喉を診た。

「喉が赤くなっているね。身体は痛い？」

「よくわかんない……」

手際よく陽菜子を診察し、末次は振り返った。

「風邪のようですね。発疹もありませんし……食欲は？」

「陽菜子、ご飯は？　食べられそう？」

圭一が尋ねると、陽菜子は首を傾《かし》げた。

「……喉が痛いから……」

「ああ、そうだね」

末次が優しく微笑んだ。その横顔を少しどきりとして、圭一は見つめる。優しく慈愛に満ちた微笑み。陽菜子を心から思っている……そうとしか思えない、甘い微笑み。陽菜子もコホコホと小さく咳《せき》をしながら、にっこりしている。

「……先生、陽菜子のこと、治してくれる……？」

「大丈夫だよ。お薬を少し出しておくから、熱が下がるまで飲んでね」

「熱が下がるまで？」

圭一の疑問に、末次が振り返った。

「解熱剤を少し出しておきます。あと、胃腸に来るといけないので、胃腸薬を」

「あの……抗生物質とかは……」

「必要ありませんよ」

さらりと末次は言った。

「ウィルス感染だとしたら、結局抗菌剤は効きません。今のところ、悪性の感染症の疑いはありませんから、解熱剤で熱を下げて、あとは安静にしていればよくなります」

「でも……っ」

「七尾さん」

末次が穏やかに言った。

「あとは……お父様の愛情ですよ」

「先生……」

陽菜子が毛布の間からひょこんと顔を出した。こほこほと咳をしながら言う。

「圭一くん、パパじゃないよ……」

「え……？」

「末次先生」

圭一は陽菜子の前に立ち、そっと毛布をかけた。

「この子の前で……親の話はしないでください」

「七尾さん……」

「失礼します」

圭一は陽菜子を抱き上げた。

「……ありがとうございました」

そして、言葉を失っている末次に頭を下げ、小児科の処置室を出た。


少し風のある春の日は肌寒い。庭に、陽菜子とふたりで植えたチューリップも少し悲しげにうつむいている。

「じゃ……何かあったら、電話ちょうだいね」

「ええ、すみませんでした」

陽菜子が風邪をひき、その看病のため、レッスンの都合をつけたので、今日はそちらに行かないと連絡すると、笑子はすぐに果物やプリンを持って、見舞いに来てくれた。

「圭一さんの方が顔色悪いわよ」

笑子が笑いながら言う。

「小さな子供は熱を出すものよ。病院で診てもらったなら大丈夫。心配しないで、看病してなさいな」

「え、ええ……」

陽菜子を引き取ってからの一年間、彼女は大きな病気をしなかった。子供なりに気を張っていたのだろうか、熱を出すこともなく、元気に過ごしてきた。その陽菜子がたった数週間の間に、腹痛を起こしたり、熱を出したりしている。

のよ」

「でも、僕の世話の仕方が……」

「うちの子だって、しょっちゅう熱出したり、お腹壊したりしてるわよ。特に、陽菜ちゃんは保育園移ったばかりで環境変わったし。今まで、なんともなかった方がおかしかったのよ」

笑子が帰っていき、圭一は陽菜子のもとに戻った。

「陽菜子、気分は？」

家にあったヨーグルトとスープを食べさせ、薬を飲ませると、陽菜子はひと眠りした。

「うん……大丈夫……」

解熱剤を飲んだせいか、陽菜子の顔色はだいぶ元に戻っていた。喉はまだ痛いと言うが、声にも力が出てきている。

〝やっぱり……解熱剤だけで正解だったのかな……〟

はっきり言って、圭一は末次の治療が不満だった。もっと点滴や薬を処方してほしかったのに、彼は最低限の解熱剤だけで、あとは自然治癒力に任せるとした。しかし、やはりそれは正解だったらしい。水分と休養を取った陽菜子は、すでに快方に向かっている。

〝ふだん、元気な子だもんな……〟

「圭一くん……」

陽菜子が見上げてきた。大きな目は熱に潤んではおらず、いつもの輝きを取り戻しつつある。

「どうした？　陽菜子」

「あのね……ピアノ弾いて？」

「え？」

陽菜子がねだる。

「圭一くんのピアノ聞きたい。わんちゃんのワルツ……」

ショパンの『子犬のワルツ』だ。陽菜子のお気に入りである。

「陽菜子、おとなしくしていないと……」

「おとなしくしてる。だから、ピアノ弾いて？」

ピアノ室は防音だ。陽菜子を連れていかなければ、ピアノは聞こえない。

〝まぁ……昼間だからいいか……〟

ピアノ室は庭に向いている。他の家に面していない部屋を選び、その上防音にしたのだ。

〝窓閉めて、少しだけならいいかな……〟

「OK、陽菜子。じゃあ、ピアノ弾いてあげるから、おとなしく寝ているんだよ」

「うん！」

陽菜子の身体をしっかりと毛布と布団でくるみ、額に熱冷まし用のシートをぺたりと貼り、枕元《まくらもと》にストローをさした飲み物を置いて、圭一はベッドルームを出た。エアコンを入れ、加湿器をつけた部屋のドアを開けておくわけにはいかず、ドアを閉める。そして、隣にあるピアノ室のドアを開けた。機密性の高いドアを開け放したままにして、窓がしっかり閉まっているのを確認し、ピアノの蓋を開ける。

「……じゃあ、始めるよ」

圭一のほっそりした指がキーの上に置かれた。白い指がキーの上を走り始める。早いパッセージがくるくる遊ぶ子犬を表現している可愛らしいワルツだ。『子犬のワルツ』に続いて、いくつか短いワルツを弾き、そして、眠りを誘う静かなノクターンを弾く。静かだが、歯切れよくリズムを刻むピアノの音はよく響く。心地よく甘く、優しく。圭一がこの家を買った時、同時に買ったのがヨーロッパアンティークのピアノだった。高価なものではなかったが、圭一自身が手を入れ、懇意にしている調律師とふたりで音を作り上げた。圭一の繊細な表現力を最大限に生かすために、タッチを軽く、華やかな音色に。

「……圭一くん……」

陽菜子が眠りに落ちる。優しくきらかな音を子守歌に。

「圭一くん……大好き……」

ノクターンの最後の音を静かに弾き納め、圭一はピアノの蓋を閉じた。

ピアノを聞きながら、陽菜子は眠ってしまっていた。お気に入りのウサギのぬいぐるみを抱きしめ、ぐっすりと気持ちよさそうに眠っている。

「もう……楽になったみたいだね……」

"今のうちに、買い物に行っておこう……"

今日の夜は卵の雑炊でも作ろうと、圭一は財布を持って立ち上がった。

「陽菜子、いい子で寝ているんだよ……」

玄関でスリッパを脱ぎ、外に出る。車を出そうかどうしようかと考えながら、顔を上げて、圭一は喉の奥で悲鳴を飲み込んだ。

"え……っ"

「……先生……」

門扉にもたれかかるように立っていたのは、末次医師だった。


圭一はゆっくりとドリッパーの上でお湯を回した。ふわりとコーヒーの香りが立つ。

「……出かけなくてよかったんですか？」

末次がいつものように深い声で言った。圭一は首を横に振る。

「陽菜子が寝ているうちに……買い物に行こうと思っていただけですから」

「陽菜子ちゃんは？」

カップをふたつ用意し、コーヒーを注ぐ。自分の分だけにミルクを入れ、末次にはブラックのまま出した。ミルクと砂糖を添える。

「いい香りですね」

コーヒーには贅沢をしている。自宅ではインスタントを飲んだことがない。いつも、ひとりでゆっくりと時間を取ってコーヒーをいれる。ひとのためにいれるのは、ここに住んでから初めてかもしれない。

「……どうぞ」

「ありがとうございます」

末次はカップを手にした。

「……陽菜子の熱は下がってきたみたいです……」

「解熱剤を使っていますからね。熱が下がっているうちに、栄養のあるものを食べさせてあげてください。陽菜子ちゃんは健康なお子さんとお見受けしました。養生するだけで、風邪は治りますよ」

「はい……」

圭一は少しためらってから、末次の向かいに座った。広い家だが、特に応接室のようなものは設けていない。結局、ダイニングに通し、陽菜子とふたりの食卓に、末次を招いた。

「……先生のおっしゃる通りでした。やっぱり、子供には無駄な薬、飲ませない方がいいんですね……」

「必要な薬でしたらお出ししますが、いらないものは出しません。そこを判断するのが、医者の仕事ですから」

　末次は微笑んで言った。

「広いお宅ですね」

「え、ええ……ふたりには少し贅沢なんですが」

　圭一は頷いた。

「ピアノを置く都合がありますので。それに、陽菜子をのびのび育ててやりたいんです。部屋も……持たせたいし」

「そうですね。女の子ですしね」

　小児科医である末次は、理解が早かった。

「個室をあげたいところですよね。女の子は成長が早いから、あっという間に大人になってしまう」

「僕は……陽菜子が欲しがるものなら、なんでも与えてやりたいんです。僕が与えられるものなら……なんでも」

　圭一は静かに言った。

「陽菜子には、引け目を感じてほしくない。自分は愛されて育ったと胸を張って言える環境にしてやりたいんです」

「七尾さん」

末次がすっと顔を上げた。

「立ち入ったことを伺うようですが……七尾さんと陽菜子ちゃんは」

「それを聞きに来たんですか？」

圭一は反射的に答えていた。末次が宥《なだ》めるように微笑む。白衣は着ておらず、すっきりとしたシャツに上質のジャケットという私服姿だが、レストランで会った時のような夜の雰囲気はまとっていない。清潔な白のイメージのままである。

「余計なお世話であることはわかっています。でも……陽菜子ちゃんがどうにも……不安定な気がして、気になったんです」

「陽菜子が不安定？」

圭一の目から見て、陽菜子はただのおしゃまな女の子だ。明るく元気で可愛らしい、普通の女の子だ。

「そんな……」

「陽菜子ちゃんはずいぶん大人びています。受け答えもしっかりしているし……いや、しっかりしようとしている。とても、危ういバランスの上にいる……そんなふうに見えました」

末次が柔らかな口調で言った。

「陽菜子ちゃんはとても強い子です。強いからこそもろい。陽菜子ちゃんが続けざまに体調を崩したのは、天候の不安定もありますが、陽菜子ちゃん自身の不安定さもあると思います」

「でも、陽菜子がこっちに来たのは……」

「こっち？」

「あ、ええ……陽菜子は、去年の春まで京都にいたんです。陽菜子の……父親と」

「陽菜子ちゃんの父親？」

ここまで言うべきかと圭一は悩んだが、末次は小児科の医師で、陽菜子もなついているようだ。彼にこのまま診てもらえれば、これくらい安心なことはないだろう。

〝陽菜子の……ためだ〟

末次には、医師の顔以外のものがある。それはわかっていた。彼には、確かに夜の顔がある。そこに不安がないと言ったら、それは嘘になる。しかし、彼は少なくとも、陽菜子の前では、清潔な医師の顔を見せている。それで、圭一には十分だった。

〝このひとは……本当に陽菜子を案じてくれているんだ〟

彼の真摯な目は嘘を言っていないと思った。

「陽菜子の父親は僕ではありません。陽菜子は僕の兄の子です」

圭一は少し視線を外して言った。

「陽菜子は僕の姪です」

「そう……だったんですか……」

「陽菜子の父親……僕の兄は、去年の春、事故で亡くなりました。陽菜子の母親は、陽菜子が一歳の頃に亡くなっています。陽菜子は……両親を失っているんです」

「七尾さん……」

陽菜子が起きてくる気配はない。陽菜子に、親の話は聞かせたくなかった。陽菜子に親の話をするには、もう少し時間が必要だった。まだ、圭一の方が耐えられないのだ。陽菜子が父親を失ったのなら、圭一は兄を失っている。ふたりは、共に肉親を亡くしたもの同士なのだ。

「京都には、兄の仕事の都合で行っていたので、陽菜子を引き取れる親族がいませんでした。保育園を移るのはかわいそうだったのですが、陽菜子を僕が引き取るには、こっちに来てもらうしかありませんでした。僕の仕事のつてが……東京にしかなかったので」

兄の訃報を受けると同時に、圭一は大学院を退学した。しかし、事情が事情なので、教授も気にかけてくれ、仕事を紹介してくれた。それが今のピアノ教室なのだ。子供にピアノを教える仕事とはいっても、圭一が所属している教室は組織がしっかりしていて、講師のレベルも高い。生徒もただのお稽《けい》古事《こごと》の子もいるが、中には音大を目指している子も少なくなく、レッスンのレベルも高い。子供のお稽古事と思っていた圭一も、音大を目指す子のレッスンを任され、手応えを感じていた。教授には感謝してもしきれない。

「七尾さんのお仕事というと……ピアノですよね」

「え、ええ……ピアノの講師をしています」

「今、ピアノ弾かれていましたよね。とてもきれいだった」

「え……」

珍しく、防音室のドアを開けて弾いていた。外にまで漏れ聞こえていたのだろう。

「しばらく、外で聞かせていただきました。ショパンを弾いていらっしゃいましたね」

「陽菜子が……好きなので」

陽菜子の名前を出したところで、圭一は話を戻す。

「陽菜子が……不安定というのは、どういうことでしょうか。陽菜子は東京に来てから一年間、病気もしませんでしたし、保育園でも仲良くやっています。特に問題はなかったんですが……」

問題といえば、圭一が夜の仕事をしていることくらいか。しかし、預けている先は陽菜子の叔母である笑子のところで、とてもよく面倒を見てもらっている。ストレスなどとは考えたくなかった。

「問題がないのが問題……でしょうか」

末次がコーヒーを飲みながら、おっとりと言った。

「ご両親を亡くした子供がなんの問題もなく暮らしていく……そんなことはあり得ないと思いませんか？」

「え……」

末次の声はこんな時にも心地よく響く。医師として、最高の武器を彼は持っているようだ。

「職業柄、多くの子供さんを見てきましたが、父親が単身赴任でいなくなっただけでも、心のバランスを崩してしまうのが子供です。心のバランスが崩れると身体のバランスも崩れる。心も体も素直なのが子供です。痛ければ痛いと泣くし、痛くなければにこにこしている。それが子供なんです」

「末次先生……」

「陽菜子ちゃんは心にとても大きな傷を負いました。それはきっと、あなたがいちばんよくご存じのはずだ。父親の死を知った時、陽菜子ちゃんはどうしましたか？」

陽菜子は、父親に面影の似ている圭一にすがりついてきた。決して離れようとしなかった。それほど近しくつきあってきたわけではないのに。

「陽菜子は……僕から離れようとしなかった……」

「陽菜子ちゃんはあなたを選んだんです。それはおそらく衝動的なもの……考えた結果ではなかったはずです」

「ええ……」

いくら大人びているとはいえ、陽菜子は五歳の子供なのだ。損得勘定ができるはずもない。ただ父親に似ている。それだけで、圭一にすがりついてきたのだ。

「ええ……陽菜子は、僕が兄に……父親に似ているから……」

物心つく前に母を亡くした陽菜子にとって、父親は唯一といっていい肉親だった。圭一も叔母である笑子も、兄の勤務の関係で、近くにいなかったからだ。

「陽菜子ちゃんは……あなたを選んだことに責任を感じていたんですよ」

末次は静かな声で言った。

「子供なりに……あなたに迷惑をかけまいと……これ以上の迷惑をかけてはいけないと思っていたんです。だから、大人びたいい子になった。いつも明るく元気な……いい子になったんです」

末次の言う通りだった。陽菜子は本当に手のかからない子供だった。明るく素直で、一度言ったことは決して忘れない。二度同じことを注意されることはない。保育園でも模範生と言われていたのだ。

「でも、そろそろ疲れたんでしょう。心よりも先に身体が悲鳴を上げてしまった……。一年……よく頑張ったと思いますよ」

圭一は両手で顔を覆った。

〝陽菜子……〟

泣いてしまいそうだった。この一年、自分は何をしてきたのか。陽菜子を大事に思いながらも、何をしてやれたんだろう。自分だけでいっぱいいっぱいになって、陽菜子に気を遣わせることになってはいなかったか。

「陽菜子……」

小さな身体で、陽菜子は何もかもを抱え込んで。自分の哀しみも、圭一の悩みや哀しみもすべて抱え込んで。

「僕は……何も気づいてやれなかった……」

陽菜子が身体を壊すまで、何も気づいてやれなかった。ただ、育てやすいいい子だとしか思わなかった。自分だけが陽菜子のことを思っていて、それが伝わっているのだとばかり思い込んでいた。しかし。

「どうすれば……いいんでしょう……」

「別に変わる必要はありませんよ」

末次はさらりと言う。

「陽菜子ちゃんも望んではいないでしょう。今までと一緒。変わらずにいればいいんです」

「でも……っ」

「そして、陽菜子ちゃんが疲れた時には、ただ寄り添っていてあげてください。こんなふうに……自然に」

「自然に……？」

末次が微笑んだ。眼鏡の奥のグレイの瞳が、光の入り加減なのか、優しげなすみれ色に見える。

「そう。家族でしょう？　ごく自然に……家族がそうするように」

「家族……」

圭一に家族と呼べる存在は、兄しかいなかった。そして、今の陽菜子には圭一しかいない。

「こんなふうに……ピアノを弾いて、静かに過ごしてあげてください。きっと、それ以上は必要ない」

コーヒーの香りがキッチンに満ちる。今日の彼からは、あの重い百合の香りはしない。あれはとても彼に似合っていたが、それは夜の彼だからで、穏やかな医師の顔には似合わなかった。

「そう……ピアノ」

彼がふと気づいたように言った。

「レストランでピアノを弾かれていますよね？　『ル・レーヴ』」

急にさらっと言われて、圭一の方が狼狽《ろうばい》する。

「え、あの……」

「私、リクエストしたんですよ。覚えていらっしゃいますか？」

圭一ははっと顔を上げた。末次がにっこり微笑む。

「……もしかして……『ひまわり』……」

圭一の答えに末次が頷く。あのリクエストの主が彼なら、数日後の愁嘆場も間違いなく彼ということだ。なんだか、急に雰囲気がくるりと変わってしまったが。

「……覚えています、もちろん……」

彼がさらりとカーテンを引いた気がした。圭一が落ち込んでしまいそうな今の雰囲気に。

「驚きましたよ。あなたが『ル・レーヴ』のピアニストだったとは。ピアノは聞いていましたが、失礼ながらピアニストまでは目に入っていなかった。あなただと気づいて、本当に驚いた」

「……驚いたのは、僕も同じです」

圭一はふうっとため息をついた。少し頭が痛い。陽菜子につきあって、病院をうろうろしているうちに、自分も風邪を拾ってしまったのだろうか。それとも、上がったり下がったりのジェットコースターのような今の気分のせい。

「……ずいぶん雰囲気が違っていらしたので」

言ってからはっとした。

〝何言ってるんだ……？〟

一瞬、軽い頭痛でぼんやりしてしまった。心で思っていたことがぺろりと口に出てしまった。

〝まずい……っ〟

「……そうでしょうか」

テーブルの上で指を組み替えて、末次が穏やかに言った。

「自分ではあまりよくわからないのですが。眼鏡がないせいでしょうか」

「い、いえ、あの……」

「夜はコンタクトに替えるんですよ。病院は乾燥がきついので、コンタクトが使えなくて」

末次の口調は全く変わらず、淡々と穏やかだった。まるで、あの夜の彼が夢としか思えないように。圭一は軽くこめかみを押さえた。

〝だめだ……僕、おかしくなってる……〟

自分の事情を話してしまったことで、警戒心がふつりと切れてしまったようだった。言葉を重ねれば重ねるほど、何かがほどけてしまうようだ。

「……すみません。ちょっと頭が痛くて……」

「おや、陽菜子ちゃんと一緒に風邪をひいてしまいましたか？」

彼の手がすっと伸びてきた。避ける間もなく、まるで包むように手のひらで額に触れてくる。医師の手は、滑らかで気持ちよく乾いていた。手のひらで熱を測り、そのままますっと自然に前髪の中に指を滑り込ませ、さらりと髪を撫でる。まるで子供にするような優しい仕草に、圭一は抵抗も何もできない。

〝僕……本当にどうかしてる……〟

「……熱はないようですが、少しゆっくりされた方がいいですね。熱が出るようだったら、これを」

脇に置いていたブリーフケースから、銀色のシガレットケースのようなものを取り出す。大型のピルケースらしく、中にはきれいに薬が詰められていた。その中から、二錠ほどの薬を切り取り、末次は圭一に差し出した。

「あまり強くない解熱剤です。大人で普通の体力があるなら、これで十分だと思います。あとは栄養と休養です」

「末次先生は……」

圭一は軽く目を閉じた。少しめまいもするみたいだ。やっぱり風邪をひいてしまったのか。

「お医者さんなのに、お医者さんじゃないみたいだ……」

「そうですか？」

末次がくすくすと笑う。

「そう……薬をあまり使いたがらないので、患者さんの一部には評判がよくありませんし、製薬会社さんにもウケはよくないです。でも、人間の自然治癒力って大事じゃないですか？」

立ち上がりながら、彼は言った。

「ここいちばんって時に、薬が効かないんじゃ困りますしね」

立ち上がろうとした圭一を押さえて、末次は玄関に向かって歩き出していた。

「もし悪化するようだったら、僕の外来に来てください。今日はこれから当直に入りますから」

「え……？」

立ち上がりかけて、圭一はきょとんと彼を見上げた。

「先生、当直に入るって……それじゃ、仮眠とかとらないといけないんじゃ……」

「大丈夫ですよ」

さらりと手を振る。白く優しい手の残像が、圭一の目に残る。

「陽菜子ちゃんとあなたが心配でした。何もなければ、それでいいんです」

「先生……」

「おやすみなさい。ゆっくり休んでくださいね」

彼の深い声にあやされるように、圭一はすとんと椅子に座り込んだ。玄関のドアが静かに閉じる音がする。

「先生……」

彼が去った後、微かな……本当に微かな百合の香りがした。それは、あの夜感じたような官能の香りではなく、優しく頬を撫でる安らぎの香りだった。

ACT　4

檜川総合病院のエントランスホールには、ピアノが飾ってある。少し高くなった台があって、その上にピアノが飾られているのだ。

「ただの飾りじゃないんですよ」

圭一に言ったのは、病院の事務長である宝田《たからだ》だ。

「ちゃんと調律も入れていますし、直射日光が当たらないように、置く場所を考えてあります。ガラスにも、一応UVカットの加工をしてあります」

「はぁ……」

「まぁ、百パーセントのいい環境ではないとわかっておりますが。でも、できるだけのことはしていると、そういうわけです」

ピアノには、しっかりとしたカバーがかけられていた。しかし、優雅なその姿は、カバーをかけられていても伝わってくる。一級品のピアノだけが持つ独特の優雅さ。それは、病院という、どこか無機的になりがちの白い空間を優しく温めていた。

「どうして、ここにピアノが？」

「ああ、寄贈品なんですよ」

「寄贈品？」

昨日の午後、ピアノ教室の事務所でお茶を飲んでいた圭一に、突然檜川総合病院から電話がかかってきた。それはピアノの演奏依頼だった。

「ええ、うちに入院して、手術された方がご自宅にあったピアノを寄贈してくださったんです。入院している時、音楽の慰問を受けて、とても癒《いや》やされたということで」

「そうなんですか……」

「でも、なかなかボランティアに来てくださる方はいなくて。やはり、病院というのは敷居が高いらしくて……」

宝田は小さなステージになったところに上がると、ピアノの蓋を開けた。

「この前弾いていただいたので、感触はおわかりと思いますが」

「え、ええ。とても素晴らしいピアノだと思います」

圭一が憧れたベーゼンドルファー。コンディションは悪くなかった。ただ、きちんとしたホールにあれば、もっと素晴らしい響きを聞かせてくれたのだろうが。

〝でも、ひとの心を温めるなら……その方がいいのかも〟

「それで、僕はどうすれば？　電話のお話じゃ、月に一度弾いてほしいということでしたが」

「ええ、高いものではありませんが、ギャラもお支払いします。月に一度程度、ご都合のいい時に三十分くらい……」

圭一はピアノを見つめた。静かに佇《たたず》む名器は、じっと圭一を見上げている。ガラスから射し込む光を、象牙色のキーが吸い込む。そこにそっと指を下ろすと、圭一はきらรかなアルペジオを弾き出した。

「うわ……」

輝き渡る澄んだ音に、宝田が思わず声を上げた。

「このピアノ……こんなにいい音だったんですね……」

「ええ……いいピアノです」

圭一は顔を上げた。

「弾かせていただきます。このピアノ」

「ふぅん……ピアノ弾くの、圭一くん」

すっかり風邪も治り、元気になった陽菜子が言った。保育園にも今日から行き始めた。しかし、大事を取って、圭一は夜の仕事を休み、ふたりは小さな食卓を囲んでいた。

「うん、そういうことになった。月に一回、第一月曜日の午後三時から三十分だよ」

「わぁ……陽菜子も聞きたいなぁ……」

今日のメニューはカレーだ。陽菜子用に甘口に作った後、圭一は自分の分だけにスパイスを振りかける。その香りを吸い込んで、陽菜子がくしゅんとくしゃみをする。

「だめだよ、陽菜子は保育園だろう？」

「……その時だけおやすみ。だめ？」

可愛すぎる上目遣いだが、ここは保護者の面目を保っておかねばと、圭一は厳しい顔を作る。

「だぁめ。ピアノならいつでも弾いてあげるから」

「じゃあ、ご飯終わったら弾いて？」

「夜はだめ。明日、保育園から帰ったらね」

「レッスンも。バイエル弾くの」

「はいはい。ほら、おててがお留守」

風邪の治った陽菜子に、末次の言う不安定な様子は見えず、元気いっぱいに保育園に行った。食欲もしっかりしていて、お昼も全部食べたと言う。

「陽菜子、カレーおいしい？」

「うん！　圭一くんのカレー、大好き」

陽菜子がにっこりする。

〝この笑顔を守るためなら……僕はなんでもするよ〟

陽菜子の笑顔は、どこか父である俊一に似ている。俊一は、陽菜子を母親似と言っていたが、こうしてしげしげと顔を見てみると、やはり俊一に似ている。つまり、圭一にも似ているということだ。

〝なるほどね……親子に間違われても、仕方ないってことか……〟

そういえば、末次も初めて会った時、なんのためらいもなく圭一を『パパ』と呼んだ。ひとりで歩いていると学生にしか見えない圭一をつかまえてだ。

〝親子なんて、いっぱい見ているだろうに〟

少しだけおかしくなる。そして、また、陽菜子が愛《いと》しくなる。

〝間違いなく……陽菜子は僕の家族なんだ……〟

「圭一くん、全部食べたぁ」

陽菜子が空になったお皿を持ち上げて見せた。

「今日もおいしかったよ！」

この笑顔を失いたくない。大切に大切にしていきたい。圭一は手を伸ばして、陽菜子のさらさらとした髪を撫でる。

「圭一くん、くすぐったいよぅ」

陽菜子がまた無邪気に笑った。

『日だまりコンサート』……少々恥ずかしいこのネーミングは、檜川総合病院の事務長、宝田によるものだ。

「日がよく当たるエントランスホールでのコンサートですからね」

たった三十分の演奏だから、コンサートというのもおこがましいが、そう言ってくれるなら、それなりのクオリティにしたいと、圭一は子供たちのレッスンの間を盗んで、自分のレッスンにも力を入れた。三十分という時間だと大曲は無理だ。ピアノコンサートをお金を出して聞きに来たのではない聴衆を飽きさせないために、曲も考えなければならない。今日は、圭一が最も得意で、またポピュラーでもあるショパンでプログラムを組んだ。

陽菜子の大好きな『子犬のワルツ』から始めて、ワルツつながりで、圭一の好きな『ワルツ第七番』、そして『ノクターン第五番』『ノクターン第二番』、ショパンといえば最もポピュラーな『幻想即興曲』で終わりだ。

圭一がピアノを弾き始めるまでは、聴衆はコンサートがあるのを知っている入院患者やスタッフだけだったが、華やかなピアノの音色が響き渡ると、外来患者や見舞客も足を止めて聞き入り始めた。

「あのピアノ、音が出るのね……」

「すごいきれいな音……」

ピアノを飾りものだと思っていたひとも多いらしく、こんな声が聞こえてきて、圭一は笑いそうになってしまった。

〝そうだよ……このピアノはこんなに美しい音で歌うんだよ……〟

家のピアノより少しタッチが重いが、すぐに慣れた。華やかで軽やかな圭一の音色に、このピアノはよく合っていた。生き生きとした華麗なピアノの音色が白いエントランスホールにあふれる。普通のコンサートと違い、一曲一曲に拍手が送られる。圭一は一曲ごと立ち上がって、丁寧にお辞儀《じぎ》をした。

〝あ……〟

このエントランスホールは吹き抜けになっていて、二階と三階の一部がバルコニーのように張り出している。そこには、ピアノを聞く人々の姿が見えていた。

〝あそこに……〟

お辞儀をしたついでに顔を上げると、二階にいる白衣のスタッフの中に、ひときわ目立つ長身があった。

〝末次先生……〟

末次は、二階にいるスタッフの後ろに立っていた。両腕を胸の前で組み、軽く柱に寄りかかるようにして、圭一を見下ろしていた。眼鏡の奥のグレイの瞳が優しげに細められ、圭一を見つめている。

〝聞いて……いらしたんですね……〟

ここで演奏すると決まった時に、末次のことを考えなかったと言ったら、それは嘘になる。もしかしたら、彼が聞いてくれるのではないか。彼のいるところにも、音が届くのではないか。今弾いたこの音が、彼の耳に届いているのではないか……ピアノを弾きながら、いつの間にか、そんなことを考えていた。

〝気に入って……いただけましたか？〟

顔を上げて、彼を見つめる。彼が小さく頷いた気がした。柔らかく微笑んで、彼が頷いてくれた気がした。圭一は椅子に座り直すと、最後の曲となった『幻想即興曲』の華やかなパッセージを指先から弾き出した。自分の横顔を見つめるもうひとつの視線に気づかないままで。

「七尾くん、久しぶりね」

『ル・レーヴ』自慢の美人ソムリエールが、約一ヶ月ぶりにアルバイトに出てきた圭一の肩をぽんと叩いた。陽菜子の後に、圭一自身も風邪気味になったり、本業の方の発表会があったりで忙しく、しばらくアルバイトは休ませてもらっていたのだ。

「あ、ええ……すみませんでした。一緒に暮らしている姪が風邪ひいたり、僕も風邪もらっちゃったりで……」

「ですってね。大丈夫なの？」

「ええ。もうすっかり。姪は元気すぎて、僕の方が負けそうですよ」

タイを結ぶのにも、ようやく慣れてきた。少し迷ってから、今日もベストにした。そろそろ暑く感じられる日もある。ジャケットでは少し重いかもしれない。

「七尾くん、ファンがお待ちかねだよ」

バーテンダーがベストを羽織りながら言った。

「結構、七尾くんのファンいるんだよ。七尾くんが休んでいる時は、有線とかＣＤ使うんだけど、美青年ピアニストはどうしたって聞かれてさ」

「美青年……ですか？」

圭一は上目遣いにバーテンダーを見た。

「からかわれているんですよ。真に受けないでください」

いつものようにバックヤードの鏡をのぞいて身だしなみを確認して、圭一はフロアに出た。

クリスタルピアノが、いつものように圭一を待っていた。ライトにきらきらと輝く透き通ったピアノは、まるで夢のように美しい。ベーゼンドルファーを知ってしまった耳には、少しふわふわした頼りない音だが、それでも弾き方を工夫すれば、十分聞ける音になると思う。

「七尾さん」

圭一が椅子に座るとすぐに、ウェイターがメモを持ってきた。

「リクエストです」

「え？　もう？」

ピアノにリクエストが入るのは珍しい。入るとしても、何曲か弾いた後だ。こんなふうに、一曲目からリクエストが入るのは初めてだ。

「えと……『ひまわり』？」

この前に続いてだ。

〝偶然……？〟

「七尾さん、リクエストしてくださった方からメッセージがついています」

「え？　あ、ほんとだ……」

リクエストは手書きのものだった。タッチの軽いきれいな文字で曲名が書かれた後に、一言のメッセージがついていた。

『哀しい曲ですが、君のピアノで聞くと優しく響きます。もう一度聞かせてください』

圭一ははっと顔を上げた。立ち上がってみないと、リクエストをもらったウェイティングバーのカウンターは見渡せない。すぐにも立ち上がりたかったが、まずは演奏しなければならない。

〝まさか……〟

この曲と少しキザなメッセージ。

〝あのひとの……〟

キーの上に指を置き、ふうっと息を吐く。ゆったりとしたアルペジオ。そして、もの悲しい恋を思わせるメロディ。

〝すれ違っていく恋か……〟

ひとの思いが重なることは、なんという大きな奇跡だろう。心は走るのに、タイミングは微妙にずれて、このあふれ出す思いは届かない……。

〝こんな哀しい恋はしたくないな……〟

圭一はまだ恋を知らない。夜も眠れず、ただ相手を思うような、そんな切ない恋を知らない。だから、こんな曲は少しだけ重い。大好きだけれども、何か表現しきれない気がしている。この曲をリクエストしてくれたひとは、圭一の演奏だと優しく響くと言ってくれたけれど、それは恋の哀しさを知らないからかもしれない。静かに曲を弾き納めて、圭一はリクエストのお礼のために立ち上がる。

「え……」

しかし、バーカウンターにあのひとの姿は見えなかった。

「……違ったのか……」

なぜか少しがっかりして、圭一は椅子に座り、次の曲を弾き始めた。


「おやすみなさい」

「おやすみー」

店はいつものように、午後十時に閉店した。

「七尾くん、またねー」

「はぁい」

圭一はにこにこと手を振り、通用口を出た。久しぶりの『ル・レーヴ』は、圭一を温かく迎えてくれた。陽菜子を引き取ってから、世界が少し広くなった気がする。学生の時には見えなかった世界が、少しずつ見えてきた。若い圭一が小さな子供を育てるのは大変ではあったが、優しくしてくれるひとも多かった。

「七尾くん、これ、姪御さんに」

パティシエが帰りがけの圭一に、ケーキの箱を渡してくれた。

「少し多めに焼いたら、余っちゃったんだ。プリン、嫌いじゃないといいんだけど」

「大好物です。ありがとうございます」

焼きプリンは『ル・レーヴ』の売りのひとつだ。お土産《みやげ》用のプリンはいつも完売だから、きっと陽菜子のために焼いてくれたのだろう。

「いつも……すみません」

「どういたしまして。七尾くんのピアノ目当てのお客さんも増えてきたからね。お礼だよ」

白い紙箱を手にして、圭一は歩き出した。

「……やっと出てきたね」

甲高い声が聞こえた。圭一はあたりを見回し、今出てきたのが自分だけであることを確認した。

「え……？」

声のした方を、目を細めて見た。薄闇の中にぼんやりと街灯が点り、そこから姿を隠すようにして、木の陰に誰かが立っている。

「えと……」

「どこがいいの。こんな……平凡な奴」

毒の滴るような声だった。悪意で、どす黒く濁った声だった。圭一は首を傾げた。

〝誰……？〟

聞いたことのある声のような気もするが、記憶がはっきりしない。

〝いったい……〟

「わ……っ」

棒立ちになっていた圭一の頬《ほお》に熱い痛みが走った。バチンと嫌な音がして、口の中が血の味で満たされていく。頬を平手で叩かれ、口の中が切れたのだ。思わず、箱を取り落としてしまう。プリンのカップがカチャンと割れる音がした。

「あなたは……」

薄闇の中から、華奢な身体が躍り出してきた。再び、圭一の頬に手を飛ばそうとする。

「うわ……っ」

反射的にその手を避《よ》けようとして、足下をふらつかせた。

「わ……っ」

転びそうになった圭一の肩を、誰かがぎゅっと掴み止めた。

「……よ、祥彦さん……っ！」

木の陰から姿を現した人影が、声を上げた。灯りの下に姿をさらした彼は、どこかで見たことのある顔だった。人形のように美しく整った白い顔。その顔を醜く歪めて、彼は叫んでいた。

「やっぱり……やっぱり、そのひとが新しい恋人なんだね……っ！」

「え……え？」

圭一はきょとんとして彼を見、そして、自分の肩を抱いているひとを見た。

「末次先生……」

ふっと感じた百合の冷たい香り。彼は圭一をぎゅっと抱き寄せていた。まるで、守るように。

「おまえには関係ないだろう、瑛斗」

〝そうだ……思い出した……っ〟

目の前で泣き叫んでいる青年は、末次とここで別れの愁嘆場を演じていた美青年だ。

〝え……でも、どうして……〟

「もう、おまえには関係ないことだ」

こんな時でも、末次の声はエレガントに響く。

「瑛斗、おまえとは終わったはずだ」

「僕は終わらせたつもりはないよ……っ！」

彼が叫ぶ。

「あなたが一方的に……っ！　こんな……こんな平凡な奴のどこがいいのさっ！　ちょっ

とピアノが弾けるだけの……つまらない奴……っ！」

「おまえには関係ない」

　末次は優雅な口調で言う。

「すまないですね、七尾さん。大丈夫ですか？」

「え、ええ……ちょっと口の中を切っただけです……」

　少し頭がふらついて、気分が悪い。今まで、ひとに殴られたことなんてなかった。ひとと争ったことすらないのに。

「行きましょう、七尾さん。家にお送りします……」

「待てよ……っ！」

　彼の手が意外なくらいの強さで、圭一の腕を摑んだ。そのまま勢いをつけて、圭一の身体を壁に叩きつける。

「……っ」

「瑛斗……っ！」

　頭をぶつけてしまったらしい。ふっと意識が薄らいでいく。

「剛っ！　やっちゃってよ！」

　彼が叫んだ。その声に、いつの間に現れたのか、やたらガタイのいい人影が、末次に躍りかかるのが見えた。

〝末次先生……っ〟

末次は長身だが、すらっとした細身の体型だ。医者という仕事柄、荒事に慣れているとも思えない。

「誰……か……」

誰かに知らせなければ。このままじゃいけない。携帯電話はどこにある。いろいろなことが頭の中を巡る中、圭一はそのまま意識を失った。

気がついたのは、救急車に運び込まれる時だった。

「七尾くん……七尾くん」

ソムリエールの澄んだ声。

「う……ん……」

「七尾くん、気がついたの……っ」

「あ……いたた……」

こめかみのあたりがひりひりと痛んだ。

「傷になってるのよ。壁にぶつけたのね。気分は？」

「……少し頭が痛いだけで……」

あぁっ
Jack Knife

「吐き気はないですか？」

救急隊員が聞いてきた。圭一は少し頭を振ってから頷く。パトカーの赤色灯がくるくる回っている。

「大丈夫です。あの……僕……」

「お店の裏でケンカしてるって、お客様から。すぐに力自慢のシェフやウェイターくんが出てきたから、相手は逃げちゃったみたいだけど」

あたりを見回すと『ル・レーヴ』のスタッフがみな心配そうに見ていた。圭一は反射的に頭を下げてから、はっと気づく。

「あの……もうひとり……」

「え？」

「僕は……ケンカの前に吹っ飛ばされちゃったんで。ほんとに殴られたりしたのは、たぶん別のひとで、そのひとお客様だと思うんですけど……」

〝先生……〟

なぜか確信があった。今日、いちばんに『ひまわり』をリクエストしてくれたのは、間違いなく彼だと。

「もうひとり、けがしたひとが……」

「私なら……大したことは……」

低くかすれた声がした。圭一ははっとして、視線で彼を探す。

「末次先生……っ」

圭一は、救急隊員や同僚の手を振り切って、起き上がった。救急車は二台来ていて、もう一台の方に、ストレッチャーが運び込まれるところだった。

「先生……っ」

圭一はストレッチャーにすがりつく。

「だ、大丈夫なんですか……っ」

末次はぼろぼろだった。端整な顔は血と埃《ほこり》で汚れ、左手は三角巾で固定されている。白いシャツも濃紺のジャケットもひどく汚れ、あちこち破れている。

「病院に運びます。かなりけがをされているので……」

「せ、先生……」

「……大丈夫ですから」

ストレッチャーにのせられた末次がいててと顔をしかめながらも言った。

「あなたは……大丈夫ですか？」

「な、なんともありません。ひどい……こんな……」

「とりあえず、病院に運びます。同じ病院……檜川総合病院に行きますので」

救急隊員が圭一を押しとどめた。

「あなたももう一台の救急車で向かってください。あなたにも、精密検査が必要ですから。警察の聴取もありますから」

「は、はい……」

圭一はとりあえず引き下がり、おとなしくもう一台の救急車に乗った。


病院に運ばれると、圭一はすぐにCTやレントゲンの検査を受けてから、傷の手当てをしてもらった。幸いなことにけがは軽く、脳や頭蓋骨《ずがいこつ》に異常はなかった。

「軽い脳しんとうでしょう。しかし、脳内の出血の疑いは残りますので、一ヶ月くらいは気をつけていてください。吐き気や頭痛が起きたら、すぐに病院に来てください」

「はい……」

ようやく診療と警察の聴取から解放されたのは、もう深夜だった。すでに病院に着いた時に笑子には連絡し、陽菜子はそのまま泊めてもらうことにした。眠りを妨げないよう、無事であることと、レストランの客同士のケンカに巻き込まれただけで事件には関《かか》わっていないことをメールし、病院の廊下に座り込んだ。

「先生……」

末次は左手を骨折し、内臓破裂の疑いがあるということで、検査が続いていた。圭一は帰っていいと言われていたが、帰る気にもなれず、そのまま検査室の外に座り込む。

〝いったい……何が起きたんだろう……〟

なぜ、瑛斗と呼ばれた彼は、あそこに現れたのだろう。彼は、明らかに圭一を待ち伏せていた。

〝新しい恋人って……どういうこと……？〟

彼は、末次が自分と別れたのは、圭一が原因だと思っているようだった。

〝僕のために、ふたりは別れた……ってこと？〟

わけがわからない。圭一は末次とつきあってなどいないし、ふたりの別れにも関係していない。

〝まさか……末次先生が僕をだしにしたとか……？〟

末次がそんな卑怯《ひきょう》な人間だとは思いたくなかった。末次は、圭一には優しかったし、紳士的だった。

〝そんなはずない……〟

しかし、瑛斗は叫んでいた。

『こんな……こんな平凡な奴のどこがいいのさっ！　ちょっとピアノが弾けるだけの……つまらない奴……っ！』

彼は圭一のことを知っていた。圭一を平凡と言い切るくらいには。

〝僕を……知っている……？〟

彼が圭一を見たのは、あの一度だけだったはず。圭一が初めて末次と彼を見た、あの一度だけだったはずなのに。

〝もしかして、僕をつけていた……？　いや、そんなはずない……。僕は全然関係ないんだから……〟

全然関係ない。本当にそうだろうか。

末次は、圭一を大事に思ってくれている。だから、わざわざ自宅まで来てくれた。しかし、圭一は首を横に振る。

〝そんなはずない。僕は……〟

末次を特別には思えない。いや、特別に思ってはいけない。

「僕には……陽菜子がいるんだから……」

圭一の腕はとても小さい。ここに抱えることができるのは、陽菜子だけだ。毎日の生活でいっぱいいっぱいで、それ以外のことを考えることなどできそうにない。ことに……ゲイであると思われる末次の感情までを思いやることは。

「今は……面倒なことは……考えたくない」

それなら、ここから立ち去ってしまえばいい。立ち去って、もう二度と末次に関わらなければいい。

「考えたく……ない……」

しかし、ここから立ち去ることができない。撮影中のランプがつき続ける検査室を見つめて、圭一はただソファに座り込んでいた。


病室は、どうして白いのだろう。天井も壁もベッドも、何もかも白すぎて、目が痛くなりそうだ。

「なんで……僕、ここにいるんだろう……」

白いベッドには、顔がわからなくなるくらいぐるぐるに包帯を巻かれた末次が眠っていた。内臓破裂はしていなかったものの、かなり腹を殴られたらしく、その上全身のダメージも大きかったので、そのまま入院となったのだ。

「ねぇ……なんで、ここにいるんでしょうね……」

あなたなら答えをくれるだろうか。いつも落ち着いていて、優雅に微笑むあなたなら。

ベッドサイドのキャビネットに置いてある時計は、午前三時だ。圭一はベッドの横に椅子を置き、そこに座っていた。こめかみがひりひりと痛む。頭が少し痛いのは、ぶつけたせいだろう。圭一はふわっとベッドの上にうつぶせた。

「先生……」

「……ああ」

ベッドからかすれた声がした。圭一ははっとして、身体を起こす。

「ごめんなさい……っ、どこか痛いところに触っちゃいましたか？」

「……いいえ、身体中痛いのは本当ですが……あなたに触れられたところは全然」

彼の口調はいつもと変わらず、とても優雅だ。

「……あなたの前で、ぼこぼこにされたのは非常に不本意ですが……こうして、あなたと夜を過ごせるなら、ラッキーだったと思いましょう……」

「夜を過ごすって……何を言っているんですか……っ」

「しぃ……」

思わず叫んだ圭一に、彼は右手を挙げて、唇に指を当てた。

「いてて……」

「あ……すみません……っ」

圭一は思わず彼の手を取った。

「あ……っ」

「おっと……投げ出すのはなしです。正直……痛いんですから」

彼の右手がふわりと圭一の手を優しく握る。

「……」

ひんやりと冷たいが、滑らかで優しい指。圭一は少しためらってから、彼の右手を両手で包んだ。

「……ごめんなさい」

「何を……謝るんですか……？」

彼がくすりと少し笑い、痛そうに顔をしかめる。

「あなたを……暴力沙汰《ざた》に巻き込んでしまったのは、私です。謝らなければならないのは、私の方です」

話すうちに、彼の声はだんだん元に戻ってきた。姿はぼろぼろだが、話し声はいつもと同じで、優雅で滑らかだ。

「本当に……申し訳ない。あなたは大丈夫ですか？」

「僕は……平手打ち一発食らっただけですから」

少し口の中は痛いが、大したことはない。左腕を骨折し、全身打撲の彼に比べれば。

「……あの、聞いていいですか」

圭一は少しためらってから言った。

〝聞かない方がいいのかな……〟

でも、聞いておきたかった。ちゃんと、彼のことを知っておきたかった。何もわからないまま、流されていきたくなかった。

「……何があったんですか？」

「あなたは知らない方がいいかもしれませんよ」

末次は物憂げに言う。

「できたら、あなたを巻き込みたくはなかった……」

「でも、巻き込まれてます」

圭一は無意識のうちに、彼の手をきゅっと握っていた。

「しっかり巻き込まれてます」

瑛斗にはアルバイト先を知られている。もしかしたら、自宅や陽菜子のことも知られているかもしれない。

「先生」

「あなたに手を握ってもらうのは嬉《うれ》しいですが……少し痛いですね」

「あ、ご、ごめんなさい……っ」

圭一はそっと手を離した。彼がくすりと微笑む。

「おや、離してしまうんですか？　残念だな……」

「せ、先生……っ」

圭一は少し赤くなった。夜のせいか、彼からは少しだけ不思議な色香があふれ出していた。包帯だらけなのに、声にわずかな艶《つや》がある。

〝なんだか……よくわからないひとだな……〟

「あれは……風間《かざま》瑛斗といって、職業はモデル。一流とは言えませんが、そこそこ売れているファッションモデルです」

末次が淡々とした口調で言う。

「今さら、隠しはしません。私はゲイで、彼はつきあっていた恋人でした」

「ええ……」

十分にわかっていた答えだった。圭一がさらりと流したのが意外だったのか、末次が少し怪訝《けげん》な顔になる。圭一は軽く頷いた。

「僕の大学時代の友人には……ゲイもいましたし、バイもいました。ひとのセクシュアリティを否定する気はありません」

正直、自分が何なのか、圭一はわかっていない。初恋を経験する年頃に、すでに家庭がぎくしゃくしていたため、恋どころではなかったのだ。そのまま、年だけを重ねてしまった。

「世間がみんなあなたのようだと、私たちは生きやすいですね」

さらりと言って、末次は言葉を続けた。

「瑛斗とは行きつけのバーで知り合って……半年くらいつきあいました。私が終わらせるまで」

「終わらせる……？」

「瑛斗とは続いた方だと思います。あれも……そう思っていたでしょう。遊びだとうそぶいていたくせに、最近になって、一緒に住みたいと言い始めていましたから」

「え……」

「あれもそろそろ若くなくなってきた。将来が……不安になってきたんでしょう」

医者の恋人。簡単に手放せはしないだろう。

「でも、私は……瑛斗以上に心を惹《ひ》かれるひとに出会ってしまった。それなのに、瑛斗とつきあい続けるのは、不実でしょう？」

「先生……」

末次はふうっとため息をついた。

「だから、私にしては珍しく、はっきりと別れを告げたんですが……それが逆に災いしてしまったようです。あれは私をつけ回して、私の……心変わりを確信した」

なぜ、彼は圭一のもとに現れたのだろう。明らかに危害を加える気で。

「いや、心変わりだけならまだよかった。あれは……私が本気だということがわかってしまったらしい。私が本気で……恋をしていることに気づいてしまった」

それがどうして、自分と結びつく。圭一の鼓動が少しずつ速くなっていく。

〝それって……それって……っ〟

「……そのひとに思いが届くとは思っていません。ただ……そのひとを見ていられるだけでいい。そのひとの笑顔を見て、そのひとの声を聞いて……」

彼の右手がそっと圭一の手に触れる。

「そのひとの奏でるピアノの音色を聞けるだけでいい」

〝それって……〟

胸がどきりと音を立てた。耳たぶが熱い。血液が全部顔に昇ってしまったようだ。

「……ただ、それだけでいいんです」

彼の手が優しく圭一の手を包む。

「七尾さん」

「は、はい……」

聞いてはいけない。ここからすぐに立ち去らなければならない。この手を振り払って。

しかし、包帯の間から見える彼の哀しいまなざし。一途《いちず》に自分を見つめる瞳に、圭一は縛りつけられたように動けない。

「あなたにとって、迷惑なことはわかっています。答えてくれなくていい……ただ、聞いてほしい」

圭一はうつむいたまま、彼の前にいた。静かな夜。胸を破りそうな鼓動が聞こえる。

「あなたが好きです、七尾さん」

彼の声が微かにかすれる。

「初めて会った時から……あなたを忘れられなくなりました」

「そんな……」

「診察室で陽菜子ちゃんを抱いているあなたを見た時、息が止まるかと思いました。遠くから見つめるだけだった私の理想と憧れが……目の前に立っている。夢を見ているのかと思いました」

彼が真摯に囁いている。

「……信じられないかもしれませんが……こんなふうに告白するのは……初めてなんです。私の恋は……言葉ではなく、いつも身体から始まっていたから」

ふっと笑う。

「即物的ですよね。でも……そうするしかなかった。私は……はねつけられるのが怖かった。汚いものを見るかのように……蔑《さげす》まれるのに耐えられなかった。だから……最初から同じセクシュアリティの相手を選べる場所で……身体だけの相手を探しました。これを恋と呼んで……いいんでしょうか」

「恋は……わかりません」

圭一はぽつりと答えた。

「僕にはわかりません……」

優しい手。柔らかく滑らかな指が圭一の手を包み込んで、温める。圭一は言葉を探しながら、絞り出すように告げる。

「……今の僕には……恋をする時間はないんです。恋を知る時間もない。今の僕は……陽菜子を育てるだけで、手いっぱいなんです」

「七尾さん……」

哀しい声が耳に痛い。でも、言わなければならない。曖昧にしてはいけない。初めての告白をしてくれたひとには、誠意を尽くさなければならない。

「あなたが嫌いだとか……そういうことじゃないんです。ただ……ただ、今の僕には、陽菜子のこと以外を考える時間がないんです」

圭一はそっと手を引いた。すうっと指先が冷たくなる。温《ぬく》もりが消えていく。心が痛い。温もりを手放したくない。でも、圭一の手は小さすぎて。この手は陽菜子を抱きしめるだけでいっぱいなのだ。

「僕……帰ります」

温もりが消えていくのは怖い。たった今までここにあったものが消えてしまう。いくら手を伸ばしても届かないところに消えてしまう。それは強烈な恐怖だった。

ある日突然、圭一の前から消えてしまった両親。事故で逝ってしまった兄。

これ以上失いたくない。だから、近づかない。

〝僕の手の中にあるのは……陽菜子だけでいい……〟

「七尾さん」

彼の声が柔らかく響く。

「……おやすみなさい」

「おやすみなさい……先生」

圭一は立ち上がり、ぺこりと頭を下げるとドアに向かった。

「……天使」

「え……？」

彼がぽつりとつぶやいた。

「天使の……夢を見ました」

「先生……」

彼は天井を見つめていた。

「眠っている間、私はとても幸せだった。天使が……ずっと傍らにいてくれた」

彼が不自由な手を伸ばして、ベッドサイドの灯りを消した。

「おやすみなさい、七尾さん。また……夢を見ます」

闇に沈む部屋。まるで何かを断ち切るように、彼が灯りを消す。

「天使の夢を」

ＡＣＴ　５

季節はいつの間にか初夏になっていた。陽菜子が庭に蒔《ま》いたひまわりが芽を出し、葉を大きく広げ始めている。

「ひまわりさん、いつ咲くかな」

じょうろで水をやりながら、陽菜子が歌うように言う。

「ひまわりさん、まだつぼみにならないの？」

「まだ早いよ、陽菜子」

半袖の可愛《かわい》いワンピースは、笑子が買ってくれたものだ。どうしても、陽菜子の着るものは地味になりがちだ。圭一は、小さな女の子に何を着せればいいのかわからない。だから、時々笑子に頼んで、買い物に連れていってもらう。

「ほら陽菜子、保育園に遅刻するよ」

「はぁい」

じょうろをちゃんと片付けて、陽菜子が家に駆け込んできた。

「圭一くん、今日、病院でピアノ弾くの？」

「あ、ああ……そうだよ」

今日は六月の第一月曜日。檜川総合病院での日だまりコンサートの日だ。

「ねぇ、圭一くん……」

陽菜子がまとわりついてきた。

「陽菜子、危ないよ」

圭一は朝ご飯の目玉焼きを作っていた。

「圭一くん、今日、コンサートに行っていい？」

「だめだよ、陽菜子。保育園だろ？」

「あのね、今日、けんしん？……っていうの？　それでね、病院行くの」

「え？」

「ちゃんと圭一くんに言ったよ、陽菜子」

圭一は慌てて冷蔵庫を見た。そこには、保育園からのお知らせが貼《は》ってある。

「あ……ほんとだ」

今日は、保育園の陽菜子のクラスが健康診断のために、檜川総合病院の小児科を受診することになっていた。陽菜子の保育園は小規模のため、健康診断は医師を招くのではなく、園児たちが病院に出向くのだ。

「へぇ、陽菜子が病院に来るのか」

「ねぇ、圭一くんがピアノ弾いてたら、聞いていいでしょ？」

「弾いてたらね。でも、先生が帰るって言ったら、ちゃんと言うこと聞くんだよ」

「はぁい」

陽菜子が冷蔵庫からミルクのパックを取り出す。

「圭一くん、朝ご飯食べよう！」


檜川総合病院のピアノは、今日も澄んだ音色を聞かせていた。日だまりコンサートもそろそろ定着し、聴衆も増えてきていた。ピアノの前に並べる椅子《いす》はいっぱいで、立ち見や二階、三階で聞いているものもたくさんいる。

「圭一くーん」

小児科の前で、陽菜子がご機嫌で手を振っていた。

〝陽菜子め……〟

圭一は苦笑しながら、ピアノの前に座った。今日は六月らしく、雨、水に関係ある曲でまとめている。得意のショパンの『雨だれ』で始めた。ぽつりぽつりと落ちる優しい雨の音のような音符。圭一の細い指からこぼれるきららかな音の雫《しずく》。

「わぁ……」

初めてコンサートを聞くらしい女の子たちが声を上げる。

「きれい……」

「指が魔法みたい……」

プロのピアノ演奏を見ると、たいていのひとが驚く。指がまるで魔法のようにキーの上を駆け巡り、音のタペストリーを編み上げていくのだ。そして、二曲目はさらにテクニカルなドビュッシーの『水の戯れ』。縦横無尽に駆け巡る白い指に、聴衆は魅了されている。

〝あ……〟

二階に末次の姿が見えた。あの事件で左腕を骨折したものの、ギプスをつけ、彼はたった三日の入院で退院していた。さすがに顔も痣《あざ》だらけになってしまったので、一週間ほど休んでいたが、すでに仕事に復帰していた。結局、あの暴力事件は弁護士を入れて、示談で済ませることになった。お互い、これ以上事を荒立てたくなかったからだ。

〝先生……〟

あの事件から十日。圭一は弁護士を通して話しただけで、末次と会っていなかった。何度か見舞いに行こうかとも考えたが、なんとなく行きそびれてしまった。

〝よかった……元気なんだ……〟

まだギプス姿は痛々しいが、いつものようにすっきりと背筋が伸び、ゆったりとした笑みを浮かべている。

〝元気なら……いい〟

圭一はすっと視線をそらすと、ピアノを弾くことに集中した。

映画『ひまわり』はこんな話だ。

第二次世界大戦中、海辺で恋に落ちたイタリア人のジョバンナとアントニオは、結婚した。しかし、夫となったアントニオはソ連戦線に送られ、そのまま消息を絶ってしまう。ジョバンナはアントニオの親を支えながら、戦後も夫の帰りを待ち続けるが、いつになっても夫は戻らない。夫を何年も待ち続けたジョバンナは、諦《あきら》めきれず、ソ連に夫を探しに行く。タイトルの『ひまわり』が出てくるのは、この捜索中だ。あてもなく、知らない街をさまようジョバンナが出会う、地平線まで続く広大なひまわり畑は圧巻である。結局、ふたりは再会するが、すれ違った日々は取り戻せず、それぞれの人生を歩いていく。そんな話だ。

「哀しい……話ですよね」

自販機のコーヒーを飲みながら、末次が言った。

「古い映画だと思うのですが、七尾さんはどこで見たんですか？」

「僕はＤＶＤで見ました……」

日だまりコンサートの演奏を終わった後、帰ろうとしていたところ、いつの間にか下に下りてきていた末次に肩を叩《たた》かれたのだ。

「お急ぎですか？」

この前の夜のことなどなかったかのように、そうにこやかに尋ねられて、はいと答えられる圭一ではない。ピアノの近くに置いてあるソファに座ってのコーヒータイムとなった。

「七尾さん、どうして『ひまわり』を知っていらっしゃったんですか？」

コーヒーを一口飲んだところで、末次が言った。

「あ、ええ……学生の頃、ピアノバーでバイトしていて、その時、ポピュラーピアノを弾く必要があったので、何曲か覚えたんです。その中に、ヘンリー・マンシーニの『ひまわり』があって……」

そして、末次が言ったのだ。

『哀しい……話ですよね』と。

「曲調がもの哀しいから、哀しい話とは思っていましたけど、映画を見て、ああ……こんなに哀しい話だったんだって」

「私は学生の頃、名画座で見ました。あの地平線まで続くいっぱいのひまわり畑は、大きな画面で見ると息がつまりそうになって、彼女の胸がつぶれるような哀しみが迫ってきます」

コーヒーを飲みながら、末次が言った。

「なぜか悲恋ものの映画が好きで、よく見ましたよ。『追憶』とか『シェルブールの雨傘』とかね」

「みんな名曲ですね……」

圭一はおごってもらったコーヒーを手の中で温めながら言った。

「今度、レパートリーに入れてみようかな……」

「七尾さんはクラシックの出身ですか？」

「あ、ええ……音楽高校から音大に進みました。今も、教えているのはクラシックです」

普通に会話できていることが不思議だった。あの事件の夜のことは、お互いに触れないようにしている感じだった。

〝これで……いいんだよね。静かに……今まで通りに……〟

彼に告白された。でも、圭一は断ってしまった。

〝患者の家族と……先生……。それで……いい……〟

彼に告白されて、嫌だとか気味が悪いとか、そんなことは全く思わなかった。自分でもびっくりするくらい、すんなりと彼の言葉は心に響いた。だからこそ、真摯《しんし》に答えたつもりだった。今の圭一に言える精一杯の答えを返したつもりだった。

〝だって、このひとのこと……嫌いになれない……〟

このひとのせいで、圭一は顔を殴られ、壁に叩きつけられてけがまでしたのに。

〝嫌いに……なれないんだ……〟

「七尾さん」

末次がふと遠くを見るような目をして言った。

「映画、お好きですか？」

「あ、ええ……好きです。学生の頃は、結構見に行きました。僕は恋愛ものより、単純に楽しめるアクションとかＳＦが好きですけど」

午後の病院は、あまり外来にひとがいないので、少し静かな気がする。ピアノの向こうはガラス張りになっていて、初夏のよく晴れた空が見える。日々青さが増して、夏の色になってきている。

「学生の頃ってことは、最近は？」

「仕事がありますから。それ以外は……陽菜子がいますし」

「じゃあ……」

さりげない調子で、末次が言う。

「……一緒に見に行きませんか？　陽菜子ちゃんも一緒に」

「え……？」

圭一ははっとして、末次を見た。

「先生……」

「陽菜子ちゃんも一緒に見られる映画を探しておきます。一緒に……行きませんか？」

「圭一くーん！」

明るい可愛い声がした。

「え……っ」

〝ひ、陽菜子……？〟

嘘《うそ》だろと思う前に、陽菜子が走ってきて、圭一の膝《ひざ》に飛びついた。

「陽菜子……っ」

「けんしん終わったよっ！　圭一くんのピアノ、すっごいきれいだったよっ！」

「やぁ、陽菜子ちゃん」

末次がにっこりした。彼が微笑《ほほえ》むと目尻《めじり》が少し下がって、とても優しい顔になることに、圭一は気づいた。彼はいくつもの顔を持っている。そのひとつひとつがすべて彼で、夜の顔も昼の顔もすべて彼で。

〝なんだか……よくわかんないひとだ……〟

「あ、せんせいだ！　せんせい、おててどうしたの？」

白衣で目立たないようにしていたが、末次はまだ左腕にギプスをしていた。小さな子供はなかなか目敏《めざと》い。末次が苦笑する。

「ああ、ちょっと痛めちゃってね。陽菜子ちゃん、検診どうだったの?」

「うんとね、せんせいの前に座って、あーんてして、ぽんぽんしてもらったの。今日はちがうせんせいだった」

何を言っているのかと思ったら、陽菜子は末次を小児科の医師として認識しており、今日は別の医師だったことを言っているとわかった。末次が微笑む。

「そうだよ。別の先生もいるんだよ」

陽菜子が圭一の膝に座った。

「こら、陽菜子。だめだろ。保育園の先生が待っているんじゃないの」

「圭一くん、保育園早引きしたい。おうち帰ろうよ」

「こーら」

圭一の姿を見て、すっかり里心がついてしまったらしい。陽菜子は圭一の膝の上で甘える。

「ねぇ、いいでしょう? 陽菜子、お腹空《す》いちゃった」

「陽菜子」

今日は、この後レッスンは入っていない。夜のバイトまでは、少し時間がある。

「……しょうがないなぁ」

陽菜子の可愛い顔に、ぱぁっと笑顔が広がった。

「圭一くん、いいの？　ほんとにいいの？」

「保育園の先生に言ってくるから、待っておいで」

「うん！」

陽菜子をソファに座らせると、圭一は立ち上がり、末次に軽く会釈して、こちらを見ながら待っている保育士のもとに小走りに近づいた。

「すみません、お待たせしてしまって」

「いいえ」

園児たちを引率してきたのは、多田野だった。

「陽菜子ちゃん、早引けですか？」

陽菜子の様子から察したのだろう。多田野が笑いながら言った。圭一は頭を下げる。

「申し訳ありません。わがままなんですけど、こんなことあんまりないことなので」

「ですね」

多田野が頷《うなず》く。

「いいですよ。担任の由美子《ゆみこ》先生には、僕から伝えておきます。みんな、保育園に帰るよ」

子供たちが陽菜子を見ている。

「ねぇ、陽菜子ちゃんは？」

「陽菜子ちゃんは保育園に帰らないの？」

「陽菜子ちゃんはおうちのひとが迎えに来たから、今日は早引け。さぁ、行くよ」

「はぁい」

「陽菜子ちゃーん、バイバーイ」

「バイバーイ」

手を振る子供たちに、陽菜子も手を振り返している。

「バァイバァーイ！」

すっかりご機嫌である。

「じゃあ、すみませんでした」

圭一はもう一度頭を下げてから、陽菜子のもとに戻った。ソファに座った陽菜子は、まだそこにいた末次と何かを話しているようだった。白衣を見ただけで泣くような子供もいるが、陽菜子はそのタイプではなかった。むしろ、看護師などの白衣は好きなようだ。陽菜子曰《いわ》く「可愛いし、かっこいい」のだそうだ。

「ねぇ、圭一くん」

陽菜子がソファの上でぽんぽん跳ねていた。

「せんせいがね、映画見に行きませんかって。陽菜子、映画館って行ったことないから、行きたいなぁ」

「末次先生……」

〝ほ、本気だったのか……？〟

末次がいたずらっぽく笑っている。

「七尾さん、陽菜子ちゃんもこう言ってますから、いいでしょう？」

「え、でも……っ」

「行きたい、行きたい！　せんせいと映画行きたい！」

「陽菜子……」

さすがに小児科医だ。あっという間に、陽菜子の心を摑《つか》んでしまうのはさすがである。

〝って、感心してる場合じゃない……っ〟

「陽菜子、先生はお忙しいんだから……」

「大丈夫ですよ。今週末なら日直や当直もかかっていないし」

末次はおっとりと答える。

「七尾さん、陽菜子ちゃんに約束してしまったんです。私を嘘つきにしないでください」

「先生……」

彼が何を考えているのかわからない。

〝どうすれば……〟

陽菜子が手を引っ張ってくる。

「ねぇねぇねぇ！　いいでしょう？　陽菜子行きたい！」

陽菜子をひとりで行かせるわけにはいかない。末次のことは信用していたが、陽菜子は圭一の大事な姪《めい》で宝物なのだ。そして、陽菜子が望むことなら、なんでもかなえてやりたい。

「……わかりました」

圭一は少しためらいながら答えた。

「ご迷惑でないなら」

「とんでもない。では日曜日に。そうですね……十一時に迎えに行きます。ランチをしてから、映画を見ましょう」

「わぁい、ランチランチランチ！」

「え……っ」

思わず、末次の顔を見ると、彼はいつものように穏やかに微笑んでいる。しかし、その目がいたずらっぽく輝いているのを、圭一は見逃さなかった。

〝まったく……〟

油断も隙《すき》もないひとだ。圭一は肩をすくめ、頭をひとつ下げるとご機嫌の陽菜子と手をつなぎ、末次の前を辞した。

日曜日は、ここまでと思うほどよく晴れた。

「少し暑いかな……」

場所は『ル・レーヴ』のテラス席だった。夜はおしゃれな大人のレストランも、昼間はカジュアルなランチが楽しめるらしい。

「可愛いお姫様だね」

ランチを運んできたウェイターがにっこりした。

「初めまして、お姫様。ええと、陽菜子ちゃんだっけ」

「お兄ちゃん、陽菜子のこと、知ってるの？」

少なめに盛ったパスタと小さなオムレツ、野菜のクリーム煮、小さなフルーツタルト。メニューにはないお子様ランチである。きれいな彩りに、陽菜子はわぁっと声を上げる。

「知ってるよ。お兄ちゃんは、圭一くんのお友達なんだ」

「ふぅん。圭一くん、あそこにピアノがある。おもしろいよ、透き通ったピアノ」

陽菜子は目敏い。ウェイティングバーに置いてあるクリスタルピアノを、すぐに見つけた。

「あれ、音が出るのかなぁ」

「出るよ、陽菜子ちゃん」

ウェイターが圭一の肩をぽんと叩いた。

「圭一くんが、いつもきれいな曲を弾いてくれている。陽菜子ちゃんは圭一くんのピアノ、好き？」

「大好き。でも、今はお子様ランチの方が好きかも……」

圭一は笑い出した。

「そうだね、陽菜子。さ、食べなさい」

「はぁい」

ウェイターが笑いながら去り、日陰のテーブルには、圭一と末次、陽菜子が座っていた。

「騙《だま》されたって顔してますね」

末次が柔らかいトーンで言った。圭一は慌てて首を横に振る。

「そ、そんなことありません」

「あなたが思っている以上に、あなたの顔は正直ですよ」

ふたりの前には、じゃがいもとゴボウのソテーサラダのランチ。ベーコンとゴボウのいい香りがするソテーサラダにオムレツ、パン、スープの簡単なランチである。

「でも、陽菜子ちゃんを映画に連れていきたかったのは本当です。私に陽菜子ちゃんくらいの子供がいたら、連れていきたいと思ったので」

「映画に？」

「ええ」

末次はポケットに入れていた雑誌の切り抜きをテーブルに置いた。

「ピノキオ……？」

つぶやいた圭一に、末次がしっと唇に指を当てた。陽菜子は無邪気にパスタを頬張《ほおば》っている。

「ディズニーの古典中の古典ですよ。私は今のディズニー映画より、昔の方が好きなんです。今のものより音楽的で、とても丁寧に作られている。これが、今週だけの限定上映なんです」

「音楽というと……『星に願いを』ですか？」

「ええ。ジミニー・クリケットが歌う名曲ですね。お好きですか？」

「まだ弾いたことはありませんが……スタンダードですね」

末次が微笑んだ。

「では、今度リクエストすることにしましょう」

「圭一くん、スパゲティ巻いて？　上手にできないの」

甘える陽菜子の食事の世話をしてやりながら、圭一はなぜかとても安らいだ気持ちになるのを感じていた。陽菜子を連れて出かける時は、いつもどこか緊張している。陽菜子を守らなければという気持ちが強すぎるのかもしれない。つい陽菜子ができることでも手を出してしまいがちだし、陽菜子が行きたいというところに行くのをためらうこともある。

しかし、今日は末次がおっとりと構えているので、圭一も余裕を持つことができている。

いつもなら、陽菜子が言う前に手を出してしまうパスタも、今日は陽菜子がよいしょよいしょとフォークに巻いているのを微笑ましく見ることができる。

〝もしかしたら……陽菜子は窮屈な思いをしていたのかな……〟

圭一がフォークにパスタを巻いてやるのを陽菜子が無心に見ている。そして、わかったとばかりに頷き、また自分でやり始めた。圭一も自分のランチを食べ始めた。

「……おいしい……」

「でしょう？」

末次もゆったりと食事を始めた。

「『ル・レーヴ』のランチ、意外と穴場なんですよ。限定だから、予約しないと食べられませんし」

「え、そうなんですか？」

確かに、席は埋まっているが待っているひとはいない。

「平日は限定じゃないようですが、週末は混み合うので、限定にしてしまったようですね。ここのオーナーは利益よりも、雰囲気を大事にしているので」

「オーナー、ご存じなんですか？」

「ええ。お嬢さんが私の患者でした。まだ若いオーナーです。お父さんが、病院の向こう側のホテルのオーナーで、レストランを息子さんに任せたと聞いています」

『ル・レーヴ』は、白を基調にしたインテリアが美しいフレンチレストランだ。このテラス席のある庭は、今は薔薇《ばら》が盛りである。手入れの行き届いた白とピンクの薔薇が満開で、馥郁《ふくいく》たる香りが風に乗って、ふわふわと流れている。

「陽菜子ちゃん、おいしいですか？」

「うん！　圭一くんのスパゲティもおいしいけど」

陽菜子はご機嫌だ。

「せんせい、このスパゲティもすごくおいしいよ！」

「それはよかったですね」

「先生、わざわざお子様ランチ、頼んでくださったんですか？」

ここのメニューに子供用はなかったはずだ。夜のせいもあるが、圭一は『ル・レーヴ』に小さな子供がいるのを見たことがない。この店は大人のレストランなのだ。

「いいえ、五歳のお嬢さんがいるけどいいかと、予約の時に言っただけです。お店のご好意で用意してくださったようですね」

それだけ、末次の名前が通っているということなのだろう。彼の名前だけで、店はそれだけの好意を示してくれたのだから。

「おいしかったぁ」

陽菜子はほとんど圭一の手を煩わせずに、食事を終えていた。

〝やらせることが大事なんだな……〟

外食をする時は、ついつい圭一が手を出してしまいがちだったが、陽菜子はちゃんと自分で食べられるのだ。タルトまでをきちんときれいに食べ終えて、陽菜子は満足そうだ。

末次が追加オーダーしてくれたジュースを飲んで、陽菜子はぽんぽんと圭一の膝を叩いた。

「圭一くん、早く映画行こう！　陽菜子、映画館行くの初めて！」

「陽菜子、映画館に行ったら、いい子にしてなきゃだめだよ」

「わかってるよ。うちでＤＶＤ見る時も、陽菜子いい子でしょ？」

「そうだね」

圭一たちも食事を終えた。陽菜子がご機嫌で立ち上がり、圭一の手に摑まった。そして、迷いなくぱっと末次の手を取る。

「せんせい、手つないでっ」

「ああ、いいよ」

「こら、陽菜子……っ」

「いいですよ」

末次が笑いながら、陽菜子と手をつなぐ。圭一と末次、ふたりの間で、陽菜子はにっこりした。

「早く早くっ！　早く行こうっ！」


ディズニーの映画『ピノキオ』は、原作とずいぶん違っている。原作は風刺が効いていて、かなり毒があるが、ディズニー版では、ピノキオを無邪気な性格にするなど、毒を薄め、子供の可愛らしさと冒険物語の楽しさを強調した作りになっている。

「でね、お鼻がぐーっと伸びちゃったね！」

映画『ピノキオ』を見終わって、陽菜子は大興奮だ。初めて見る大きな画面に目を丸くし、映画を見ている間、ずっと圭一の手を握りしめていた。ポップコーンを食べるのも忘れて、陽菜子は画面を食い入るように見ていた。

「陽菜子ちゃん、映画おもしろかった？」

末次が優しく聞いた。映画館の入っているショッピングモール内のカフェで、圭一たちは向かい合っていた。圭一と陽菜子が並び、末次が向かいに座っている。映画館では、自然に陽菜子を挟んで座った。

〝本当に……陽菜子を楽しませるため……なのかな〟

なんとなく、自分が目当てなのではないかと思っていた自分が恥ずかしかった。

〝僕、うぬぼれすぎ……〟

顔が赤くなるのを隠すように、圭一は少しうつむいていた。末次は、陽菜子と楽しそうに話している。

「ジミニー・クリケット可愛かったねっ！　帽子かぶって、上着着てっ！　傘も持ってたっ！」

「彼はコオロギだよ。歌が上手だったね」

「あの歌大好き！」

陽菜子は小さな声で歌い出した。びっくりするくらい音がしっかりしている。

「陽菜子、あの歌、聞いたことあるの？」

圭一が思わず聞くと、陽菜子は首を横に振った。

「知らないよ。今日初めて聞いたの」

「おや、すごいね」

末次が微笑む。

「陽菜子ちゃん、もう歌を覚えちゃったんだ」

「一度聞けば覚えられるよ。圭一くんのピアノも一度聞けば覚えられるの」

「え……」

一緒に暮らしているのに、圭一は陽菜子の音楽の才能に気づいていなかった。

〝僕は……陽菜子の何を見ていたんだろう……〟

陽菜子のことだけを見つめていたつもりだった。誰《だれ》よりも陽菜子のことを知っているつもりだった。それなのに。

〝僕は……自分のことでいっぱいなんだ……。陽菜子のことをちゃんと……見ていなかった……〟

「陽菜子ちゃん、圭一くんのピアノを聞いているうちに、音符と仲良しになったんだね」

末次が手を伸ばして、陽菜子の髪をさらさらと撫《な》でた。陽菜子が嬉《うれ》しそうにくすくす笑う。

「うん、圭一くんにピアノも習ってるの。陽菜子、圭一くんみたいに上手になりたいなぁ」

「陽菜子は僕より上手になれるよ」

圭一は陽菜子の手を取った。

「ほら、陽菜子は指が長い。手のひらもしっかりしてるし。僕より上手くなるよ」

「そうかなぁ。せんせい、陽菜子、ピアノ上手になると思う？」

「一生懸命レッスンすればね。圭一くんみたいに」

末次が優しく言う。彼の声は滑らかで柔らかい。響きもきれいで、どこか音楽的でさえある。ふと圭一は言った。

「先生は……楽器とかなさらないんですか？」

「え？」

陽菜子と手遊びをしていた末次が顔を上げる。彼は子供と遊ぶのがとても上手だとわかった。小児科医という職業だけでなく、純粋に子供が好きなのだろう。陽菜子とじゃんけんをしながら、末次が答える。

「いいえ、聞くだけです。そう……あなたのようにピアノが弾けたらいいとは思いますが」

「せんせい、せんせいも陽菜子と一緒に、圭一くんに教えてもらえばいいのに」

「え……っ」

末次が答える前に、圭一の方が反応してしまった。

「え、あの……っ」

彼の指の長い手を、いつの間にかじっと見つめてしまっていた。陽菜子と手遊びをしている彼の指はすんなりと長く、インテリジェンスを感じさせる手だ。

〝きれいな手だな……〟

自分もよく手がきれいだと言われるが、圭一は指は長いが手のひらが小さく、ピアニストとしては少し不利な手をしている。しかし、末次の手は指が長く、手のひらもしっかりとしていて、男性らしい美しい手だった。末次がふわりと笑った。

「そうだね。いつか教えてもらいたいな」

〝なんで、僕の方が赤くなってるんだよ……っ〟

頰が熱くなっているので、自分が赤くなっている自覚はあった。

〝おかしいぞ……〟

なぜか、彼の言動に過剰に反応してしまう。そんな圭一を、彼は少し複雑な表情で見ていた。少し嬉しそうで、少し哀しそうで、なんとも不思議な中途半端な憂い顔だ。

「……いつか、圭一くんの気が向いた時に」

しっとりと柔らかな声で言って、末次は陽菜子と遊び続けている。陽菜子がきゃっきゃっと笑っている。

〝陽菜子……〟

いつになく、陽菜子は嬉しそうだった。考えてみればこの一年、陽菜子を純粋な遊びには連れていっていなかったかもしれない。笑子がよく連れ出してくれてはいたが、圭一は買い物に連れていったりするだけで、遊びには連れていったことがなかった。せいぜい、近所の公園に散歩に行くくらいだ。二十三歳の恋も知らない青年は、小さな子供とどう接していいのか、まだよくわかっていないのだ。その葛藤《かっとう》と戦いながら、圭一はどうにか陽菜子を育てていた。

「圭一くん」

末次が低い声で圭一を呼んだ。

「は、はい……っ」

思ったよりも長くぼんやりしてしまっていたらしい。末次が軽く唇に指を当てる。

「え……？」

「陽菜子ちゃん、遊び疲れてしまったようです」

気がつくと、陽菜子は圭一にもたれるようにしてうとうとしていた。

「陽菜子……？」

「ああ、起こさないで。初めての映画で疲れたんでしょう」

「……僕が遊びに連れていってやらなかったから……」

圭一はそっと陽菜子の髪を撫でた。くったり眠ってしまった陽菜子の靴を脱がせて椅子に寝かせ、膝枕《ひざまくら》をしてやる。陽菜子はすぐにすうすうと寝息を立て始めた。

「こんなにはしゃいでいる陽菜子は、見たことがない気がします。陽菜子は……明るい子だけど、こんなに子供らしくはしゃいでいるのは、見たことがありません……」

「陽菜子ちゃんは十分に子供らしいですよ」

冷めかけたコーヒーを飲みながら、末次が言った。

「生意気でもないし、憎まれ口も叩かない。素直で可愛らしいお嬢さんです。きっと、彼女を育てたあなたのお兄さんは、大切に大切に育ててきたのでしょう。そして、あなたも」

「僕は……陽菜子に育てられているようなものです」

圭一は首を横に振った。

「僕は……ちゃんと愛されて育っていないから。愛されるという感覚がわからないまま、大人になってしまった。両親は、僕が物心ついた頃には、お互いの恋人に夢中で、子供の僕には興味がなかったから……」

だから、子供をどこに連れていったら喜ぶのかがわからない。自分が子供の頃、どこかに連れていってもらって嬉しかった記憶がないから。

「すみません……変なこと言っちゃって」

どうして、彼にこんなことを話してしまうのかわからない。彼の優しい瞳《ひとみ》を見ていると、何もかもを預けてしまいたくなる。そんな弱い自分が少し怖い。

「……陽菜子も寝ちゃったし、そろそろ帰ります」

「送りましょう」

末次が立ち上がった。圭一はそっと陽菜子を抱き上げる。すっと先に立った末次が支払いを済ませてくれる。

「あの……」

「ここくらい、私におごらせてください。誘ったのは私なんですから」

「はい……」

圭一は素直に頷いた。少しだけ哀しげな彼の瞳には逆らえなかった。

「圭一くん」

「はい？」

駐車場へのエレベーターに乗って、末次が言った。

「圭一くんと呼んで、返事をしてくれるんですね」

「あ……」

陽菜子が呼ぶままに、彼もそう呼んだので、すんなり返事をしてしまった。

「あ、えと……」

「それから、また陽菜子ちゃんとのデートを許してくれますか？」

〝このひとは……っ〟

少し哀しい瞳にほだされると、すいと懐に滑り込んでくる。

「……はい」

陽菜子の喜ぶ顔が見たい。それに。

〝断るくらい、このひとのこと嫌いになれないんだよなぁ……〟

「……先生が嫌でないなら」

「嫌だったら、最初から誘いません」

エレベーターが開くと同時に、彼が言う。

「では、車の中で、次回のデートの約束をしましょう」

「え……っ」

大人の手練手管に長《た》けた男が、これ以上ないくらい魅力的な微笑みを浮かべた。

ACT 6

平日でも、夏休み中のテーマパークはかなり混み合っていた。

「せんせい、あっち行こうよぉ」

白い帽子をかぶった陽菜子が末次の手を引っ張って、よいしょよいしょと歩いている。

「陽菜子ちゃん、そんなに慌てなくても大丈夫だよ」

引っ張られながら、末次が笑っている。

「ほら、圭一くんを待ってあげないと」

「……もう先に行ってください」

七月も末だ。暑さはかなりピークに近い。

〝あーあ、体力なさすぎ……〟

学生時代も完全インドアの生活をしていた圭一は、外が苦手だ。日光に長時間当たっているると、それだけで疲れてくる。

「圭一くん、そこで休んでいてください。陽菜子ちゃんとライドに乗ってきますから」

末次が振り返りながら言った。

「す、すみません……」

ありがたく、お言葉に甘えることにする。日陰のベンチに座って、圭一は持ってきたお茶を一口飲んだ。

「ふぅ……」

陽菜子はすっかり末次になついていた。もともと人見知りはしない子だ。その上に、末次は小児科医だけあって、子供の扱いが上手い。このふたりが上手くいかないわけがなかった。時に、圭一が嫉妬《しっと》したくなるほど、ふたりは楽しそうだ。

〝僕よりも先生みたいなひとが親だったら……陽菜子はもっと幸せになれるのかな〟

陽菜子の白いワンピースが陽炎《かげろう》でふわふわと揺れている。

当直や日直のない休日、末次は陽菜子とよく遊んでくれた。子供が喜ぶようなイベントや場所をよく知っていて、彼は陽菜子を連れ出してくれる。思い切り遊んだ陽菜子は、よく眠るようになり、感情面も安定して、急に泣き出したりすることが少なくなった。

〝僕は……陽菜子に何をしてやれるんだろう……〟

陽菜子のためになると思って、彼女を引き取った。陽菜子に求められて、迷うことなく大学を辞め、慣れない生活に飛び込んだ。後悔はしていないし、必要なことだったと思う。しかし、陽菜子にとってはどうだったのだろうか。

「……大丈夫ですか？」

はっと気づくと、末次がのぞき込んでいた。いつの間にか、うとうとしてしまったらしい。

「圭一くん、大丈夫？」

陽菜子も心配そうに見ている。圭一は苦笑した。

〝陽菜子を心配している場合じゃないな。僕が心配されてる〟

「大丈夫だよ。昨日、ちょっと夜更かししたから……」

それにしても暑い。暑いのは苦手だ。肌がひりひりするし、頭がふらふらする。

「熱中症一歩手前かな」

末次がそっと手のひらを圭一の額に当てた。優しくさらさらと乾いた手が気持ちいい。

「陽菜子ちゃん、少し涼しいところへ行こうか。アイスクリーム食べない？」

「食べたい！」

陽菜子がぴょんと跳ねた。本当に元気だ。

「じゃあ、カフェに行こうか。あそこなら風通しがいいし」

末次はさりげなく圭一を助け起こすと、陽菜子と手をつなぐ。陽菜子がすぐに圭一の手を取った。

「圭一くん、歩いて行ける？」

「……大丈夫だよ。ごめんね、陽菜子」

歩き出したら、足下はしっかりした。陽菜子を見ていると、しっかりしなければならないと思う。この子を育てることができるのは自分だけなのだから。しかし、そう思うとともに不安も頭をもたげてくる。

〝本当に……僕でいいのかな……〟

陽菜子に手を引っ張られながら、圭一は歩き出す。その少しふらふらとした姿を末次がじっと見つめていた。

車は静かに走り続けていた。末次の車は国産のセダンで、足回りがしっかりしている。高速で走っても、街乗りでも、とても静かだ。

「すみませんでした……」

助手席で、圭一は少し頭を下げた。陽菜子は後部座席のチャイルドシートですやすやと眠っている。

「いいんですよ」

今日は夕食も一緒にするはずだったのだが、圭一の方が疲れてしまい、少し早めに帰ることにしたのだ。

「無理をさせてしまいましたね。昼も夜も働いているのだから、あなたが疲れているのはわかっていたのに」

運転しながら、末次が言った。

「陽菜子ちゃんが楽しそうなので、つい、私も一緒にはしゃいでしまって」

「先生」

圭一は少しためらってから言った。

「僕には……陽菜子を育てる資格があるんでしょうか」

「え？」

「先生の助けがないと……僕は陽菜子を笑顔にしてやることもできない。僕ひとりじゃ……何もできない」

ぽつりぽつりと言う圭一に、末次は軽く首を横に振った。

「あなたは頑張っている……だから、私は助けようと思ったんです。あなたがいて、陽菜子ちゃんがいる。そのことを忘れないでください」

「僕がいて……陽菜子がいる……？」

末次がくすっと笑った。

「忘れられてしまいましたか……？」

「え……」

末次の横顔に、ふっと翳《かげ》りが見えた。

「……私はあなたが……好きなんですよ。あなたを助けることができるなら、なんでもします」

「先生……」

陽菜子を起こしてしまわないよう、末次の声は密《ひそ》やかだった。

「先生、それは……」

「答えなくていいですよ。あなたに答えを求めるつもりはありません」

「でも……っ」

「私はあなたが好きで、陽菜子ちゃんも好きです。だから、こうして一緒にいる。一緒にいたいんです。嫌でなかったら、つきあってください」

彼は圭一に恋愛感情を持っている。好きだとはっきり告白もされている。そして、圭一はそれを断った。今のふたりはとても宙ぶらりんな関係だ。陽菜子を間にして、とてもゆるやかにつながっている。それはいつ切れても不思議ではない、とても儚《はかな》い絆《きずな》だ。それだけで、彼はいいというのだろうか。

「先生……」

「あなたを見ているだけで、私は幸せになれる。そのことがよくわかりました。あなたのそばに、私を置いてください」

切ない言葉だった。どうやっても、圭一は彼に応《こた》えることはできない。今の圭一に、恋愛は不可能だった。

〝僕は……恋も仕事も家庭も、何もかもを手に入れられるほど……器用じゃない〟

「でも……僕は先生に与えられるだけで、何もお返しすることができません」

「何かを返してほしいと思ってしていることではありません。ただ、あなたと陽菜子ちゃんをそばで守りたい。ただ……それだけなんです」

もうすぐ車は、圭一と陽菜子の家に着く。車のライトが小さな庭に咲いた最後のあじさいを照らし出した。

「さぁ……もう着きますよ」

「先生」

圭一は少しもどかしげに言う。

「でも……このままでいいとは思えないんです。僕は……先生を傷つけています。僕がここにいることで」

車がすっと止まった。末次がエンジンを切る。すうっと静かになり、車内には陽菜子の健やかな寝息だけが聞こえる。

「……それなら」

少し黙った後に、末次が言った。

「私に……夢を見せてください」

「夢……？」

ライトが消えて、車内は闇《やみ》に沈む。センサーで点《つ》く玄関の門灯だけが、微《かす》かに末次の整った横顔を照らし出している。

「……天使が傍らにいてくれる夢を見たと……言いましたよね」

「あ、ええ……」

彼がけがをした時、あの白い病室で言った。

『天使の夢を見ました』と。

「もう一度、夢を見せてくれますか？」

彼がそっと囁《ささや》いた。すっと身体《からだ》の向きを変える、微かな衣擦《きぬず》れ。

「夢を……？」

「ええ、夢を」

彼のさらさらと乾いた手が頬に触れてくる。圭一の滑らかな頬を大きな手のひらが包んでくる。

「先生……」

「天使が……私にキスをくれる夢を」

「え……」

微かに感じる甘い百合《ゆり》の香り。彼の素肌から香る花の匂《にお》い。圭一は重く痺《しび》れる手を上げて、彼の手に重ねた。分かち合う体温。トクトクと高鳴る鼓動。

「一度だけ……夢を。その夢だけで……私は生きていける」

囁きの吐息が唇に触れる。彼のグレイの瞳に月明かりが射して、すみれ色に見える。不思議に美しい色に見とれて、圭一は目を見開く。と、彼の美しい手がすっと視界を覆った。

「あなたの瞳はとてもきれいですが……あまりに澄んでいて、少し後ろめたくなることがあります」

「……っ」

答えようとした吐息がふっと奪われた。温かな唇が重なる。触れるだけの優しいキスが圭一の唇に与えられる。反射的に目を閉じて、圭一は彼の手をきゅっと握った。

〝こんなの……いけない……〟

後部座席では陽菜子が眠っている。いつ目覚めるかわからないのに。いつ、陽菜子がこちらを見るかわからないのに。

「……ありがとう」

彼がそっと額にキスをし、瞼《まぶた》にキスをした。甘い香りがそっと離れていく。

「この夢で……私は生きていけます」

「そ……んな……っ」

唇を無意識に押さえて、圭一は彼を見上げる。

「そんな……の……」

彼の瞳が優しかった。切ない光を宿して、彼は優しく目を細めて、圭一を見つめている。

「さ……陽菜子ちゃんをベッドに。風邪《かぜ》をひいてしまいますよ」

「え、ええ……」

彼がすっと身体を離した。静かに車のドアを開ける。

「陽菜子ちゃん、家に着いたよ」

彼が陽菜子を車から抱き下ろす。圭一は慌てて、自分も車から降り、玄関の鍵《かぎ》を開ける。

「家に入るのは遠慮します」

彼が小さく笑った。圭一は眠ったままの陽菜子を抱き取る。

「……おやすみなさい」

優しく微笑み、彼は手を振る。

「また……元に戻りましょう」

彼が指を軽く唇に当てる。

「夢を見たと……思いましょう」

微かに甘い香りを残して、彼がくるりと背を向ける。

「一緒に……天使の夢を」

ACT　7

八月になって、ひまわりが咲き始めた。

「見て！　陽菜子のお顔より大きいよ！」

ホースで、庭のひまわりに水をやりながら、圭一は振り返った。

「どうしたの？　陽菜子」

「うん……」

いつもなら、元気に庭に飛び出してくるはずの陽菜子が、今日はダイニングの椅子に座って、ぼんやりしている。

「陽菜子？」

「……ううん、なんでもない。ひまわり、保育園に持っていこうかなぁ」

「ああ、そうだね。小さめのを切ってあげるよ」

何本かのひまわりを切り、圭一は家の中に戻った。

「あれ……陽菜子、ご飯食べてないじゃない」

朝食のトーストも目玉焼きも半分残っている。トマトとブロッコリーは食べているが、陽菜子にしては珍しく、朝食を残して、ヨーグルトを食べている。そのスプーンの動きもなんだか鈍い。

「うん……なんか、お腹空いてないの」

「そう？」

「圭一くん、ミルク飲みたい」

「あ、ああ……」

冷蔵庫からミルクのパックを取り出し、グラスに注いでやると、陽菜子はおいしそうに飲み干す。

「喉《のど》が渇いていたのかな……」

圭一が切ってやったひまわりを手にして、陽菜子は鞄《かばん》を斜めにかけて、玄関に向かう。

「圭一くん、保育園行こう」

「あ、ああ……陽菜子、具合悪くない？　大丈夫？」

なんとなく、背中に元気がない。いつもとなんとなく違う。しかし、陽菜子は振り返るとにっこりした。

「なんともないよ。大丈夫。圭一くん、保育園行こう」

「陽菜子」

そういえば、最近の陽菜子はあまり元気がなかった。

「陽菜子、今週の日曜日、どこか行こうか」

陽菜子に帽子をかぶせ、圭一はお昼寝用のフェザーケットを詰め込んだトートバッグを持つ。

「映画でも見に行こうか。『人魚姫』やってるはずだから」

「うん……せんせいは？」

「陽菜子……」

あのキスの夜以来、圭一は末次との接触をためらっていた。わずか十日ほどなのだから、大して長い期間ではないのだが、場合によっては週に二度ほども顔を見ていた末次がふっと姿を見せなくなったことを、陽菜子も気にしていたのだ。圭一の方から連絡をしないのはもちろんだが、末次の方からもなんの音沙汰《おとさた》もなかった。

〝あのひと……後悔しているのかな……〟

恋愛はできないと言い切った圭一に、彼は一度だけでいいと言って、ふたりはキスを交わした。しかし、彼は身体から入る恋愛を日常的にしてきた男だ。たった一度だけのキスでいいと、それで生きていけると言ったが、もしかしたら、それを後悔しているのかもしれない。

〝僕に……大人の恋愛はできないよ……〟

末次になついていた陽菜子にはかわいそうだが、もともと圭一とふたりで暮らしていた子だ。

〝陽菜子も……いずれ慣れるよね……〟

末次との日々もすぐに思い出になる。子供の日々はあっという間に過ぎる。末次のおかげで、なんとなく子供が喜ぶことはわかったつもりだ。彼のようにはいかないかもしれないが、少しずつ少しずつ陽菜子と歩いていこう。

「先生はね、お仕事が忙しいんだよ。ほら、陽菜子の他にも、いっぱい子供の患者さんがいるからね」

「うん……」

陽菜子は元気なく頷く。

「でも、陽菜子、せんせいに会いたいなぁ……」

「陽菜子……」

「せんせいと圭一くんと三人で遊びたい。圭一くんも、せんせいのこと好きでしょう?」

〝好き……か〟

陽菜子のように、簡単に口にできたらどんなにいいだろう。『好き』という言葉を。彼の思いは、今の圭一には少し重い。彼のことは嫌いではないが、彼と同じ意味で好きかと聞かれると、うつむくしかない。

〝嫌いじゃないけど……わからないんだ……〟

恋をする感覚がよくわからない。学生時代に、何人かの女の子に告白されて、つきあったこともあったが、あれが恋愛かと言われたら、少し違う気がする。

〝誰かを好きになって……恋しいという気持ちが……よくわからないんだ〟

「さ、陽菜子、保育園に行こうね」

温かい陽菜子の手を取って、圭一は光のあふれる外へと歩き出した。


「あ、電話来てる……」

圭一が携帯への着信に気づいたのは、午後いちばんのレッスンが終わってからだった。レッスン中は携帯をマナーモードにしているので、着信に気づかないのだ。

『ゆたか保育園の多田野です』

「えっ」

『陽菜子ちゃんが熱を出しました。元気がないので、熱を測ったところ、三十九度ありました。保育園で休ませているので、早めにお迎えお願いします』

留守録を聞いて、圭一は慌てて電話をかけた。

「あ、あのっ、七尾ですが」

『ああ、七尾さん』

　ちょうど陽菜子の担任が出てくれた。

『陽菜子ちゃん、今休んでいます。熱が高いようなので、早く病院に行った方がいいと思うのですが』

「はい、えと、レッスンの都合つけて、すぐ迎えに行きますので、それまでよろしくお願いします」

　そして、事務室に飛んでいくと、他のレッスンを受け持っている講師がお茶を飲んでいた。

「あら、七尾先生、どうしました？　顔色がよくないけど」

「あの、姪が熱を出したようで……熱が高いので、病院に連れていかないといけないんですけど……」

　ホワイトボードに書いてあるレッスン予定を見る。圭一のレッスンはあと二コマ残っている。

「ああ、次のレッスンは私空いてるからいいわよ。もう一コマは……神田《かんだ》先生が空いてるはずだから、頼んでみるわね」

「す、すみません」

　講師が直接連絡を取ってくれた。圭一は生徒の方に連絡を入れる。

「ええ……すみません。急用ができてしまって……はい……代わりの先生が入ってくださいますので。ええ……申し訳ありません」

「七尾先生、神田先生ＯＫですって」

「ありがとうございます」

生徒への連絡を終えて、圭一は立ち上がった。自分よりもベテランの講師に代わってもらえば、休講にするよりいいだろう。すべての始末を終えると、圭一は教室を飛び出した。


「圭一くん……熱いよ……」

圭一は、陽菜子を保育園から家に連れ帰った。

「圭一くん……」

今朝《けさ》から、陽菜子はおかしかった。朝食も残していたし、元気がなかった。ミルクだけを飲みたがったのも、熱で喉が渇いていたからではないか。

「クーラーで冷えたのかな……」

夜はあまりクーラーをかけないようにしていたのだが、あまりに昨夜は暑かったので、ついクーラーを入れてしまった。あれで風邪をひいたのかもしれない。

『病院に行った方がいいと思います』

陽菜子を迎えに行った保育園で担任がそう言ってくれたが、圭一は陽菜子を家に連れ帰った。

〝今日は……あのひとがいる〟

檜川総合病院小児科の今日の担当医は末次だった。

「風邪……だろうし」

風邪なら、末次が出してくれるのは解熱剤だけだ。少しいつもより熱は高いが、解熱剤を飲ませ、水分を取っていれば大丈夫だろう。圭一は陽菜子をパジャマに着替えさせると、ベッドに寝かしつけた。ストローでいつも用意してある子供用のスポーツ飲料を飲ませる。

「圭一くん……喉……痛い……」

こほこほと咳《せき》をしながら、陽菜子がかすれた声で言った。とりあえず、ヨーグルトをゆっくりと食べさせ、解熱剤を飲ませる。

「陽菜子、すぐに楽になるからね……」

陽菜子はふだん元気な子だ。前に熱を出した時も一晩で熱は下がった。

〝今日も……大丈夫だ〟

あのひとの手を煩わせてはいけない。あのひとに頼ってはいけない。

〝僕が陽菜子を育てるんだ……〟

優しいあのひとに頼ってはいけない。頼ってしまったら、きっといずれ、あの涙で美しい顔を汚した青年のようになってしまう。寄りかかったら、あのひとは離れていってしまう。冷たいまなざしで、圭一をはねつける。

〝もう……誰も離れていってほしくない……〟

身を切るようなつらさはもう味わいたくない。

〝僕は……陽菜子とふたりで生きていくんだ……〟

熱にあえぐ陽菜子の前髪をそっと払い、冷たいタオルで冷やしてやりながら、圭一は心の中でつぶやく。

〝もう……決めたんだ……〟


いつの間にか、部屋の中は暗くなっていた。

「え？……っ」

陽菜子を看病しながら眠ってしまったらしい。圭一は慌てて顔を上げた。ベッドサイドの時計は午後八時。カーテンを引いていなかった窓の外は真っ暗だ。いくら八月でも、八時ともなれば外は真っ暗である。

「陽菜子……」

ベッドの中の陽菜子を見る。

「え……っ！」

陽菜子は信じられないくらい白い顔をしていた。熱で真っ赤になっているのではなく、紙のように白い顔をしているのだ。

「陽菜子……陽菜子……っ」

陽菜子は声が出ないようだった。ぱくぱくとあえぐように口を開けるだけで、ひどく苦しそうだ。

「陽菜子……っ！」

額に手を当てると、熱は少しも下がっていなかった。まるで火のように熱い。

「どうしよう……」

呼吸が上手くできないのか、陽菜子は苦しそうに布団を握りしめている。

「圭一……くん……」

圭一の手を力なく握る。

「苦……しい……よ……」

「陽菜子……陽菜子……っ！」

「息が……できな……い……」

すぐに病院に連れていかなければならない。陽菜子を抱き上げかけて、圭一ははっと手を止める。この状態の陽菜子を動かしていいのだろうか。車に乗せて、運転している間に息が止まってしまったら……どうしたらいいのだろう。

「き、救急車……っ！」

しかし、電話を取りに行くのも怖い。陽菜子から目を離すのが怖い。

「どうしよう……っ」

どうすればいいのかわからない。頭が真っ白になっている。救急車を呼ぶ番号も思い出せない。

「と、とにかく、電話しなきゃ……っ！」

部屋を飛び出そうとした時、玄関のドアホンの鳴る音がした。

「え……え……」

この時間に来客があるはずがない。聞き間違いかと思った時、ドアホンから聞き覚えのある懐かしい声が聞こえた。

「圭一くん、いますか？　陽菜子ちゃん？」

響きのある深い声。優しい響きの声。圭一は無言のまま、玄関に走っていった。鍵を開けるのももどかしく、玄関のドアを押し開ける。

「圭一くん……」

「来てっ！」

圭一は叫んだ。外に立っていた末次の腕を引っ張る。

「早く来てっ！」

点滴を受けて、陽菜子はベッドに横たわっていた。いつもはそんなに小柄に見えない身体がとてもとても小さく見える。

「……急性喉頭蓋炎《こうとうがいえん》。熱は出していませんでしたか？」

末次がぽつりと言った。圭一は力なく頷く。

「今朝からあったんだと思います。食事をあまりとらなくて。でも……陽菜子は大丈夫だって……」

「あなたに心配をかけまいとしたんでしょう。しっかりした子だから」

酸素マスクをつけて、陽菜子はぐったりと横たわっている。

呼吸困難を起こしていた陽菜子は、救急車で檜川総合病院に運び込まれた。末次が付き添ってくれ、圭一はタクシーで後を追いかけた。圭一が病院にたどり着いた頃には、陽菜子はすでにベッドに移され、点滴と酸素吸入を受けていた。

「まだ、安心はできない状況だと思ってください」

末次が冷静な声で、抑揚なく言った。

「一応、状態は落ち着きましたが、まだ窒息の可能性はゼロではありません。今夜は目を離せません」

陽菜子は小児病棟のＩＣＵに入院した。看護師が窓越しに見守っている。末次はそっと圭一の腕を掴むと、目顔で『出ましょう』と告げた。ためらう圭一に構わず、ナースステーションの看護師に声をかけて、圭一を廊下に連れ出す。

「……申し訳ありませんでした」

末次はテラスに続くガラス戸を開けた。小児科病棟には、日光浴にも使えるサンルームとテラスがついている。八月の夜のテラスはひんやりと涼しい。末次がガラス戸を閉めるのを待って、圭一はぺこりと頭を下げた。

「先生の……手を煩わせてしまいました」

「そんなことを言ってほしいわけじゃない」

末次が叩き落とすように言った。

「どうして、病院に……私のところに連れてきてくれなかったんですか？　陽菜子ちゃんの状態からすると、昼間からかなり熱は高かったはずです」

「解熱剤を飲ませて……様子を見ていたんです。前にも熱を出して、先生に診《み》ていただいて、解熱剤をいただいたし……」

次の瞬間だった。圭一の頬に熱い痛みが走った。そして、そのまままくるみ込むように抱きしめられる。

「……わかっているんですか？　陽菜子ちゃんは……亡くなっていたかもしれないんです。

あのまま一時間でもいたら……亡くなっていたかもしれない。それがわかっているんですか？」

悲痛な声だった。涙を飲み込んでいるような、哀しい声だった。圭一の目にも涙が浮かぶ。

「ごめんなさい……ごめんなさい……」

「私に謝っても仕方がないでしょう」

彼が圭一を離した。両手で肩を掴み、強く揺さぶる。

「陽菜子ちゃんが……どんなに怖い思いをしたか、あなたはわかっているんですか？　あのまま、陽菜子ちゃんが亡くなってしまったら……あなたはどうするつもりだったんですか？」

圭一の膝が崩れた。泣きながら、その場に崩れ落ちる。

「……どうしたらいいのかわからなかった。これ以上……これ以上、あなたに迷惑をかけるわけにはいかない。あなたに……頼ってはいけないって……」

「誰がそんなことを言いましたか」

彼が膝をついた。崩れ落ちた圭一を抱き上げ、そのまま抱きしめてくれる。

「誰が迷惑だなんて言いましたか？　誰が頼るなと言いましたか？　利用できるものはなんでも利用すればいいし、頼れるものには頼ればいい。あなたと陽菜子ちゃんに頼られて、利用されるなら、本望ですよ」

「先生……」

「『ル・レーヴ』で、あなたが無断欠勤していると聞いて、何かあったんだと思いました。あなた自身が倒れたのか、陽菜子ちゃんか……。あなたが泣きながら飛び出してきたのを見た時、ほとんど呼吸の止まっている陽菜子ちゃんを見た時、私がどんな気持ちになったかわかりますか？　私のいちばん大切なものが壊れそうになっている……その瞬間を見た時の胸のつぶれるような思いが、あなたにわかりますか？」

一息に言って、末次は圭一をかたく抱きしめる。

「このまま、私に縛りつけてあげましょうか？　あなたは……ひとりにしておけないひとだ。ひとりで置いておくと勝手に悩んで、勝手に離れていこうとする。もう……離したくない。あなたがなんと言っても、離したくない……っ」

圭一は彼のしっかりとした肩に顔を埋《うず》める。微かに甘い百合の香り。初めて会った時には冷たい香りだと思ったのに、今はこんなにも温かい。

「……ごめんなさい」

彼の温かな背中に腕を回して、圭一はそっと抱きつく。安心という言葉を形にするなら、きっと今の彼だろう。彼のそばにいるだけで、圭一はほっと息をつける。彼の温《ぬく》もりと甘い香りを感じるだけで、心が温かくなって、身体が楽になる。

「ごめんなさい……っ」

「……もう謝らなくていい。すまない……感情的になってしまって。いちばん今つらいのはあなたなのに……」

ふんわり抱きしめて、彼がそっと額に唇を触れてくる。

「もう……私から離れていかないで。私を好きになってくれなくてもいいから……離れていかないでください。あなたと陽菜子ちゃんのそばにいさせてください。あなたが……誰か、心惹《ひ》かれる女性ができた時には、私の方から離れます。別れは……」

彼がくすりと笑う。

「慣れています」

圭一は末次の背中に回した腕にぎゅっと力を込める。

「哀しいことを……言わないでください」

哀しい顔は見たくない。自分も哀しい顔をしたくないから。

「もう……やめましょう。哀しいことを言うのは」

圭一の言葉に彼が微笑んだ。白い月の光を浴びて、彼の白衣がまぶしいくらいだ。

「夢を」

彼が囁く。圭一の耳元で。

「見て……いいですか」

圭一はこくりと小さく頷いた。彼の夢ならもう知っている。信じがたいことだけれど、もう知ってしまっている。彼の唇がふわりと圭一の冷たい唇に触れた。温もりが伝わる。優しい吐息に、不安に凍えた心が温められる。

「……行きましょう」

彼がそっと一度だけ圭一の唇を軽く吸って、小さな音を立てて離した。

「陽菜子ちゃんが待っています……」

圭一は軽く頷いた。月明かりが明るすぎる。きつく彼にしがみついている自分の腕に驚いて、慌てて離れた。耳まで熱い。どこもかしこも熱い。

「さ、先に行っています……っ」

テラスのドアを開け、圭一は院内に戻ると、小走りに陽菜子の病室に駆け込んだ。

「陽菜子……」

まだ少し青ざめた顔をして、陽菜子は、それでもずいぶん楽そうに呼吸をしている。

「ごめんね……」

どうして、変な意地を張ってしまったのだろう。陽菜子を危険に陥れてまで。

「僕は……怖かったのかもしれない」

あのひとに惹かれている……自分が。あのひとのそばにいたら、甘えきってしまう……

いずれ、あの美青年のように、彼に寄りかかってしまう……それが怖かったのかもしれない。いつか、あのひとが離れていく。それが怖かった。離れていく不安に揺れるくらいなら、初めから近づかない方がいい。勝手にそう思い込んで、自分から離れていこうとした。

〝陽菜子を……巻き込んで〟

圭一はベッドサイドの椅子に座り、陽菜子の髪をそっと撫でた。

「ごめん……陽菜子……」

いくら謝っても謝りきれない。

〝僕は……自分のことしか見えていなかった……〟

陽菜子のことを考えているようで、やはり最後は自分のことを優先してしまった。自分が情けなくて、ただ情けなくて。

「陽菜子……ごめん……」

陽菜子の手を握り、そっと額に押し当てる。

「よく……なってな。陽菜子……」

陽菜子の大好きなせんせいが、おまえを待っている。圭一は後ろを振り返る。ナースステーションの窓の向こうに、そのひとの姿はあった。優しい瞳でこちらを見守るひと。

〝先生……〟

あなたがそこにいるだけで、心が落ち着く。あなたが見守ってくれていると思うだけで、息を深く吸える。

「夢を……」

圭一はそっとつぶやく。ふたりだけの秘密の言葉を。

「夢を……見ます」

陽菜子の手を握り、その温かさを感じながら、圭一はつぶやく。

「あなたの……夢を」

温もりを取り戻してくれたあなたの夢を。あなたが僕の夢を見るように。点滴の雫の音すら聞こえそうな静かな夜の中、圭一はただ祈る。陽菜子と……そして、あのひとが安らかであることを。


陽菜子が患った疾患は、急性喉頭蓋炎だった。

「原因はインフルエンザ菌ですよ」

回診に来た末次が言った。陽菜子の胸の音を聞き、満足そうに頷いて、ステートを首にかける。

「インフルエンザ？　でも、今、夏ですよ？」

圭一はすべてのレッスンとアルバイトを休んでいた。救急車で運び込まれてから三日後に、陽菜子はＩＣＵから一般病室に移った。檜川総合病院では基本的に完全看護で、付き添いは必要なかったが、圭一は頼んで泊まり込ませてもらっていた。家に帰ってもひとりだし、考えるのは陽菜子のことばかりだ。顔を見ていた方が、精神的に楽だった。

「インフルエンザは夏でもありますよ。流行は冬ですけど、インフルエンザウィルス自体は一年中あります。でも、今回の原因菌はウィルスじゃありません。インフルエンザ菌です」

末次はそう言って、胸の前で軽く腕を組んだ。

「少々ややこしいんですが、昔、インフルエンザが大流行した時に原因菌として分離されたのが、インフルエンザ菌です。後になって、原因は細菌ではなくウィルスであることがわかったんですが、名称だけが今も残っています。お母さんだったら、Ｈｉｂ《ヒブ》という方がわかりやすいかもしれませんね。赤ちゃんの時にワクチンを打ちますから。三回接種なんですが、陽菜子ちゃんはもしかしたら、そのワクチンを完全に接種していなかったのかもしれません」

「そういえば……陽菜子の母子手帳にワクチンの記録が……」

「後で見せてくださいね」

そう言って、末次はぽんと圭一の肩を叩いた。そして、陽菜子の方に屈《かが》み込む。

「陽菜子ちゃん、気分はどう？」

「うん、もう大丈夫よ。ご飯も全部食べたの」

陽菜子はすっかり元気になっていた。保育園に行きたいと言うのを宥《なだ》めるのが、大変なほどだ。

「せんせい、まだおうちに帰っちゃだめなの？」

「もう少しだね。喉を見せて」

「えぇー」

陽菜子は喉を見せるのが嫌いだ。舌圧子《ぜつあつし》で舌を押さえられるのが嫌いなのだ。陽菜子言うところの『げーってなるの』が嫌なのだという。

「喉を見ないと、おうちに帰っていいよって言えないよ？」

末次に言われて、陽菜子は仕方なくあーんと口を開ける。ポケットから出したライトと使い捨ての舌圧子を使って、末次は陽菜子の喉を見た。

「もう少しかな。腫《は》れはほとんどいいけど、まだ少し赤みがあるね。熱は？」

「もうありません。元気すぎて、もてあましちゃってます」

圭一はくすっと笑った。急性喉頭蓋炎で呼吸困難に陥った陽菜子は、ステロイドで喉の腫れを取り、抗生剤で感染症の治療をして、みるみるよくなった。やはり、子供の治癒力は馬鹿にできない。今の陽菜子は、とても死の淵《ふち》をさまよったとは思えない。後遺症がないのも幸いだった。

「もう少しの辛抱だから、いい子でいるんだよ」

「せんせい、しんぼうって何?」

陽菜子が無邪気に聞いている。入院している陽菜子は、圭一も驚くほど我慢強かった。痛々しいほど細い腕に点滴の針を刺されても、決して泣かなかった。両親の死というあり得ないほど大きな哀しみを知っている少女は、それ以上のつらさはないとでもいうのか、どんな治療でも泣かなかった。

「辛抱っていうのはね、がまんってことだよ」

末次が優しく答える。

「陽菜子ちゃんはよくがまんしてるね。そのがまんももう少しってことだよ。だから、頑張ろうね」

「はぁい」

そこにコンコンとノックの音がした。

「はい」

圭一が返事をすると、ひょいと顔を出したのは、笑子だった。陽菜子が入院してから、毎日のように顔を出しては、何くれとなく面倒を見てくれている。

「おはよ……あら、回診中だったの。じゃあ、外で……」

「いえ、もう終わりましたから。じゃあ、七尾さん」

「あ……先生」

　圭一は椅子から立ち上がった。

「あの……ご紹介しておきます。陽菜子の叔母《おば》で、僕からすると……ええと、兄の奥さんの妹さんだから……」

「まぁ、義妹ということになるんでしょうけど、それじゃ圭一さんが気の毒だわ」

　笑子が笑った。

「お世話になっております。陽菜子の叔母の広川笑子でございます」

「陽菜子ちゃんの主治医の末次です」

「あ、あの……っ」

　圭一は思い切ったように言った。

「笑子さん、末次先生には……プライベートでもお世話になっているんです。陽菜子と……遊びに連れていってくださったり」

「圭一くん……」

　末次がびっくりしたように、圭一を見ている。

〝あー、今僕、絶対赤くなってる……〟

「あらあら、小児科の先生がお友達だなんて」

　笑子はにこにこしている。

「それで、陽菜ちゃんを救急車で病院に運んでくださったのね。本当にありがとうございいました」

「いいえ、間に合ってよかった」

和やかに話している末次と笑子だが、圭一はいたたまれなくなって、ついに病室から逃げ出してしまった。


「圭一さん」

小児科病棟の端にある談話室と呼ばれているコーナーで、圭一は手持ちぶさたに座っていた。後ろからそっと缶コーヒーを差し出してくれたのは、笑子である。

「どうしたの？　急にいなくなっちゃって」

「あ、あの……トイレです……」

圭一はもごもごと言った。

「ひ、陽菜子は？」

「うん、実莉と絵本読んでる。実莉も結構あてになるのよ。万が一、陽菜ちゃんに何かあったら、ナースコール押すことは教えてあるから」

笑子は圭一の隣に座った。

「ねぇ、圭一さん、ちょっと相談があるんだけど」

「は、はい？」

　まだ、末次を笑子に特別なひととして紹介してしまった恥ずかしさから、平静に戻れないまま、圭一は笑子に振り返った。

「な、なんですか？」

「あのね、気を悪くしないでほしいんだけど……圭一さん、陽菜ちゃんをもう少しうちで預からせてもらえない？」

「え……？」

「週に半分くらい、うちで預からせてもらえないかなぁって。圭一さんの夜のバイトって不定期でしょう？　それを定期的にしてもらって、夜、家を空ける時に、陽菜ちゃんをうちに泊めることにして。翌朝、うちで責任持って、保育園に送っていくから」

　笑子が言った。

「前々から思っていたのよ。陽菜ちゃんは確かに寝つきのいい子だけど、やっぱり夜に移動するのはよくないと思うの。うちに夜来る日はそのまま泊まった方がいいんじゃないかって」

「笑子さん……」

「圭一さんは一生懸命やってる。それは間違いない。でもね、やっぱり若い男の人じゃ足りないところがあるの。私、あなたから陽菜ちゃんを取り上げようというのじゃないのよ。

ただ、手伝いたいだけなの」

圭一は膝の上で組んだ自分の手を見た。この手はとても小さい。何もかもを抱え込むことはできない。何もかもを抱え込もうとするから、どこかから何かがこぼれてしまう。大切な何かが。

「……ありがとうございます」

「圭一さん……」

「陽菜子と……相談します。陽菜子のことだから、陽菜子自身に決めさせた方がいいと思うので」

圭一は笑子に頭を下げた。

「気にかけてくださってありがとうございます。僕の……至らなさで、陽菜子を死なせてしまうところだったのに……」

「圭一さん、陽菜ちゃんも大事だけど、私たちはあなたも大事なのよ?」

笑子が優しく言った。

「あなたは、姉が命をかけるようにして愛した俊一さんが大切にしていたひと。姉だって、いつもあなたのことを気にかけていた。私はその思いを誰よりもよく知っているつもりよ。一緒に……幸せになりましょうね。誰が犠牲になることもなくね」

「はい……」

笑子は優しく聡明な女性だった。圭一のことも慮《おもんぱか》り、陽菜子と圭一にとって、何がいちばんいいことであるかを探ってくれている。

〝僕は……ひとりじゃないんだ……〟

何もかもをしょい込んではいけない。もっと肩の力を抜いて、楽に息をしていかないと、いずれつぶれてしまう。今回のことで、圭一はそれを痛感していた。

〝ひとりじゃ……生きていけないんだ〟

「じゃ、私行くわね」

笑子が立ち上がった。ぽんと圭一の肩を叩く。

「さっきのこと、考えといて。急がなくてもいいから」

「はい、ありがとうございます」

圭一は頭を下げ、笑子を見送った。

ACT 8

夕方になると、病室の窓から入ってくる風が少し涼しくなった。

「明日、退院?」

「そうだよ」

少し外出して戻ってきた圭一に、ベッドの上でぽんぽん跳ねながら、陽菜子が言った。

「さっきせんせいが来て、そう言ったの」

「そう」

圭一は買ってきたプリンやヨーグルトを冷蔵庫に入れながら頷いた。

「よかった……。じゃあ、やっとおうちに帰れるね」

陽菜子は結局十日間の入院をした。思った以上に回復が早く、退院も思ったより早かった。

「ねぇ、陽菜子。笑子叔母さんのところに行くことだけど……」

「うん。笑子叔母さんも実莉ちゃんも大好き。だから、あっちのおうちにも行きたいけど……圭一くんが嫌なら行かないよ?」

陽菜子は五歳にしてはびっくりするくらい敏い子だ。圭一は少し笑った。

「陽菜子が行きたいならそうしよう。じゃあね、僕が夜の仕事に行く木曜と金曜と土曜は、笑子叔母さんのところに泊まって、他の日は僕と一緒。それでいい？」

「うんっ」

陽菜子が嬉しそうに頷いた。

「陽菜子ね、圭一くんの次に、笑子叔母さんと実莉ちゃんが好き。実莉ちゃんと遊んでると、みんなね、陽菜子と実莉ちゃん、双子みたいって言うんだよ」

陽菜子と実莉は従姉妹《いとこ》同士だが、笑子と亡くなった陽菜子の母、綾子がよく似ているため、陽菜子と実莉もそっくりだ。ふたりで遊んでいるところを見ると、みんな笑顔になってしまうくらい可愛い。ひとりっ子の陽菜子だが、実莉と過ごせば、姉妹のような感覚も味わえるだろう。

「ねぇ、圭一くん、陽菜子もう大丈夫だよ。ひとりで寝られるよ」

「え？」

「圭一くん、ずっと小さいベッドでかわいそう。身体痛くない？」

「はは……」

陽菜子が一般病室に移ってから、圭一は付き添い用のソファベッドで夜を過ごしていた。男性としては小柄な方だが、それでも百七十センチ近い。身体を曲げないとベッドにはおさまらず、ひどく窮屈な思いをしていた。

「そうだね、ちょっと腰が痛いかな……」

陽菜子はあははと笑った。

「圭一くん、陽菜子、今日はひとりで寝られるよ。明日お迎えに来て」

「でも、陽菜子……」

「陽菜子、赤ちゃんじゃないもの。ちゃんとひとりで寝られるもん」

「陽菜子ちゃん、晩ご飯よ」

そこに、看護師が食事を持って入ってきた。ベッドにテーブルをセットし、トレイを置く。

「ねぇねぇ」

陽菜子が人懐こく、看護師に声をかけた。

「陽菜子、ひとりで寝られるよね？　他の子、みんなひとりで寝てるんだもんね」

「あら、陽菜子ちゃん、よく知ってるのね」

看護師がにっこりする。

「そうね、ひとりで寝ている子もいるわよ。陽菜子ちゃんみたいに、おうちのひとが一緒にいる子もいるけど」

「だから、陽菜子もひとりで大丈夫なの。圭一くん、明日お迎えに来て」

「あら、陽菜子ちゃん、お利口さんね」

「うんっ！　陽菜子、いい子だもん」

陽菜子はご機嫌で頷いた。

「ひとりで寝られるもんっ！」


病院の窓を振り返って、圭一はほっとため息をついた。小児科病棟の窓には、まだ明かりが点いている。少し押し問答をして、結局圭一は陽菜子に押し切られて、家に帰ることになった。

「もしかして、依存しているのは僕の方かもしれないな……」

陽菜子と暮らすことで、兄を亡くした寂しさを埋めていたのは、圭一の方なのかもしれない。病棟入り口から出て、圭一はとぼとぼと歩き出した。

「何に依存しているんですって？」

駐車場の薄闇の中で、はっと顔を上げると、目の前に末次が立っていた。

「せ、先生……」

「帰るんでしょう？　送ります」

もう私服に着替えた末次が車のキーを見せた。

「駐車場に車がありませんでした。バスなんでしょう？」

「そ、そうですけど。でも、送るって……どうして、僕が帰るって……？」

「陽菜子ちゃんに退院許可を出したのは私ですよ。明日退院してもいいと言ったら、じゃあ、今日はひとりでお泊まりするって言ってましたから」

「陽菜子が？」

「ええ」

圭一の背中に軽く手を回して、末次は車の方へ誘導する。もう見慣れてしまった濃紺の車がふたりを待っている。

「陽菜子ちゃんは陽菜子ちゃんなりに、大人になろうとしているんですよ。あなたに負担をかけまいとしているんです。あなたたちは、本当にお互いを思いやっているんですね。なんだか、そばで見ているととても……可愛らしく思います」

「子供扱いですか？」

車に乗り、シートベルトを締めながら、圭一はちらりと末次を見た。末次が横顔で笑う。

「とんでもない。あなたも陽菜子ちゃんも、尊敬に値すると思っていますよ。だから……愛《いと》しいと思ってしまう」

すっと彼の左手が伸びてきて、圭一の髪をさらりとかき上げた。圭一は頰を染めて、うつむいてしまう。

「……ごめんなさい」

圭一はぽつりと言った。末次が「え？」と振り返る。

「何を謝るんですか？」

「えと……勝手に……笑子さんに紹介してしまいました……」

なぜ、あんな衝動に駆られてしまったのか、よくわからない。

「ごめんなさい……」

「どうして謝るんですか？　私はとても嬉しかったんですよ」

車がゆっくりと走り出した。

「私のことを隠すものはたくさんいましたが、あなたのように、きちんと家族に紹介してくれるひとはいませんでした」

「これから……」

圭一はうつむいたままで言った。

「これから……顔を合わせることもあると思ったので。陽菜子も……きっと先生のことを笑子さんに話すと思ったし」

「それは」

末次がゆったりと言った。

「これからも……一緒にいてもいいということですか？」

車は静かに走り続けている。末次はすっと手を伸ばして、カーコンポのスイッチを入れた。優しいピアノの音が流れ出す。圭一の大好きなショパン、バラード第一番だ。

「……いてくださいますか？」

圭一は少しかすれた声で言った。

「一緒に……いてくださいますか？」

病院と圭一の家は近い。車で十分ほどだ。その上、今日はなぜか信号にも引っかからず、スムーズに家にたどり着いてしまう。ひまわりも終わりかけ、コスモスが咲き始めた庭がライトの中に浮かび上がる。慎重に車を家の前に入れ、末次はエンジンを切った。ふわっと室内灯が点き、少しの間、ふたりの横顔を照らし出して、すうっと消える。

「圭一くん」

しんと静かになる。ピンが落ちても聞こえそうなほど。

「それは……告白に聞こえてしまいますよ」

吐息、いや胸の鼓動さえ聞こえてしまいそうな夜の時間。ふたりはその闇の中に佇《たたず》む。

「告白……です」

圭一は声を震わせないようにゆっくりと言った。

「僕の……初めての告白です」

圭一はそう言うと、思い切って彼の首に両腕を回した。彼の胸に顔を伏せて、圭一は小さな声で囁く。

「ちゃんと……聞いてくださいね」

「ええ」

彼が背中と腰に腕を回して、圭一を抱きしめる。

「ちゃんと聞きますよ」

頬にキスをして、彼が囁きを返す。

「聞かせてください」

圭一はこくりと喉を鳴らしてから、彼の胸に額を押しつけた。彼の素肌から香る微かな百合の香り。甘い香りに酔ったように、圭一はうっとりとした口調で言った。

「……こうやって……誰かの体温に甘えたかった。ううん……誰かじゃない。あなたの……体温に甘えたかった。あなたじゃなきゃ……だめなんだ」

生まれて初めて、ひとの優しさ、温かさ、甘さを教えてくれたひと。生まれて初めて、誰かに頼り、寄りかかることを教えてくれたひと。そして、そっと受け止めてくれたひと。圭一の抱えていることのすべてを。優しく受け止めて、ただ微笑んでくれたひと。もう離れられない。離したくない。このひとのそばから離れたくない。

「……ありがとう」

彼の腕が圭一の背中を撫で、髪を撫で、そして、深く抱きしめる。

「今まで聞いた中で……いちばんの告白です」

「そうでなきゃ嫌です」

圭一は甘い口調で言う。生まれて初めて圭一が口にした甘えた言葉だった。末次が圭一の頬に触れる。

「あなたに……夢中になってしまいそうです」

「そうでなきゃ……嫌です」

圭一はそっと、恐れるようにそっと彼の頬にキスをする。

「……嫌です」

音も光もない、静かな夜の中、密やかに唇を交わす。彼の指が唇をたどり、頬を撫で、髪をかき撫でる。

「可愛い……ひとだ」

耳たぶにキスをして、彼が囁く。

「君は……本当に可愛いひとだね」

「可愛いだけ……ですか」

圭一は首筋まで赤くなっていた。

「あなたにとって、僕は……可愛いだけですか……？」

彼の腕にきゅっと力がこもった。強く抱きしめられて、圭一は息ができなくなりそうになる。ふっと意識が遠のきそうになった時、そっと優しい仕草で胸から引き離された。

「先生……？」

「……君も疲れているでしょう？　今日は……休んだ方がいい」

彼がすっと視線をそらすようにして、車を降りる。圭一は慌てて後を追おうとした。車のドアを上手く開けられなくて、もたもたしているうちに、外からドアが開いた。

「先生……」

「明日、また」

なぜか少し哀しそうに微笑んで、彼は車に乗り込もうとする。圭一は考える間もなく、彼の腕にすがりついた。

「待って……っ」

「圭一くん……」

「あ、あの……お茶でも……」

彼の腕にそっとすがり、頰を押しつける。

「お茶を……いれますから」

「しかし……」

「お茶を……一杯だけ」

圭一は微かな声で囁く。

「このまま……帰らないでください……」

少し迷ってから、圭一はきれいな紫の缶を手にした。いい香りのするアールグレイを濃いめに出して、氷を詰めたグラスに注ぐ。パチパチと氷の割れる音がする。

〝先生……〟

じっと見つめる彼の視線を背中に感じる。

〝先生……どうして帰るなんて……〟

「ベルガモットの香りですね」

小さなダイニングテーブルに座って、末次が言った。

「夏の香りだ」

「夏の香り？」

アイスティーが出来上がった。圭一は思い切ったように振り返り、グラスをコトリと末次の前に置く。

「……どうして？」

「ベルガモットはミカンの仲間で、夏に花を咲かせるんですよ。だから、なんとなく夏のイメージ」

圭一は自分の分もアイスティーをいれると、末次と向かい合って座った。いつも陽菜子が座っている椅子に末次が座っているのは、なんとなく不思議だった。思わず圭一は笑ってしまう。硬くなっていた頬がふわっと柔らかくなった。

「どうしました？」

末次が優しく尋ねた。圭一は首を横に振る。

「いいえ。なんだか……不思議だなって」

この家に、自分と陽菜子以外のひとがいて、それがなぜか不自然ではない。彼はこの家の空気感にしっくりと馴染《なじ》んでいた。

「ずっと、先生がここにいるみたいな気がしています」

庭へのガラス戸は開けていた。庭でゆらゆらと揺れているコスモスのシルエットが浮かび上がっている。

「もうずっと……ここに」

「それは奇遇ですね」

末次がにこっと笑う。

「私もそんな気がしています。ずっとここで……あなたと陽菜子ちゃんと過ごしていたような気がします。ここは……温かいところですね」

椅子が二脚しかない小さなダイニングセットは、兄と陽菜子が使っていたものだ。

「椅子を……増やします」

圭一が言った。

「一脚足りませんから」

「あまり……私を甘やかさないでください」

末次が少し困ったように言った。

「あなたを甘やかしているつもりで、本当は私の方が甘やかされている気がしています」

「嫌ですか？」

圭一はアイスティーを飲みながら、少し首を傾《かし》げた。

「僕はもっともっと先生と……話したいんです。先生のことを……知りたい」

「圭一くん」

「僕はとても狭い世界に生きている人間なんです。知らないことがたくさんあって、わからないことがたくさんあります」

圭一は椅子から立ち上がった。テラスへのガラス戸に手をかけて、庭を見渡す。それほど広くない庭には、陽菜子とふたりで植えた花がたくさんある。月明かりの中に、白いコスモスが薄青く浮かび上がっていた。微かに吹く風にふわりふわりと揺れる儚く細い茎。ひまわりはもううつむいて、眠りを貪《むさぼ》っている。

「もっと……いろいろなことを知りたい。もっと……」

圭一は目を閉じる。

「僕の……知らないことを」

かたりと椅子を引く音がした。

「君は……どこまで、私を挑発すれば気が済むんですか？」

優しい声とともに、後ろから抱きしめられた。甘い百合の香りに包まれて、めまいがしそうになる。

「君は……私のことをあまりに知らない」

「だから、教えてくださいと言っています」

胸の上で結ばれた手を抱きしめて、圭一は震える声で言う。

「あなたのことを」

ふわっと身体を返された。すっぽりと彼の胸に包まれる。

「……後悔することになるかもしれませんよ」

耳元に彼の吐息と唇を感じる。

「後悔なんて……しません」

圭一は彼の胸に顔を埋める。

「後悔するのだったら……あなたをここに……連れてきたりしない」

「圭一くん……」

圭一は両手を彼の首に回す。

「わかって……ください……っ」

彼のことが好きでたまらない。少しずつ少しずつ滑り出した恋心はもう止まれない。彼のいちばんそばに行きたい。彼のいちばんそばにいたい。この温かな胸から離れたくない。

「……困ったひとだ」

ため息交じりの声がどきりとするほど艶めいていた。彼の手が圭一の髪を撫で、ゆっくりと首筋へと手のひらを滑らせる。

「……私が抑えようとしているものを……あなたは揺り起こしてしまう」

少し苦い口調で言うと、彼はすっと身を屈め、圭一の膝の後ろに手を回した。

「……っ」

ふわっと抱き上げられ、視線が一気に高くなって、少し怖くなる。

「ひとつ、教えておきましょう」

ゆっくりと歩き出しながら、彼が言った。

「自分に明らかな好意を示している人間に、ベッドの場所を教えてはいけませんよ」

優しくベッドに下ろされて、圭一はそっと顔を横に向けた。少し開いたカーテンの隙間から、薄青い月明かりが射し込んでいる。微かな軋《きし》みを立てて、彼がベッドに手をついた。

「まだ……引き返せますよ」

圭一の喉元のボタンをひとつだけ外して、彼が囁いた。

「ここが最後の……分岐点です。もう……この先にはない」

「僕を……離すんですか？」

圭一は手を伸ばして、彼の頬に触れる。

「離さないでと……言いました。後悔は……しません」

シャツのボタンが外されていく。露《あら》わになる白い胸に、彼が手のひらを当てる。

「鼓動は嘘をつけない。ものすごく……速くなってる」

「速いと……いけませんか？」

圭一は彼の手に手を重ねる。

「どきどきしては……いけませんか？」

「いいえ」

彼がふわりと微笑む。ジャケットをするりと脱ぎ、静かに床に落とす。

「やはり……あなたは可愛い」

白いシャツの前を開き、抱き上げるようにして、そっと袖を抜いた。

「色が白い……」

「あまり……見ないでください」

人前に肌をさらしたことなどほとんどない。そして、こんなふうにじっと見つめられることもない。彼に視線の口づけを受けながら、圭一は彼の前に素肌で横たわる。恥ずかしさと初秋の夜の涼しさで、圭一はくるりとブランケットにくるまった。微かな衣擦れの音がして、ふわっと背中が温かくなる。彼の素肌で抱きしめられたのだ。

「こっちを向いて」

「でも……」

「あなたの顔が見たいんです」

甘い声で囁かれて、圭一は少しためらってから振り返った。両手で優しく小さな顔をすくい上げられる。彼のクリーム色の素肌が月明かりに映えて、まぶしい。思わず目を閉じると、その瞼にキスをされた。

「長い睫《まつげ》だ……」

頰を撫でられる指がすべすべとしていて気持ちがいい。圭一は彼の背中に腕を回した。しっかりと筋肉ののった滑らかな背中。そっとすがりつくと手のひらに温かさが伝わる。初めて彼の素肌に触れたのに、なぜかとても懐かしい気がした。柔らかく温かい素肌に包まれていると、ふっと眠気がさしてくるほどほっとする。

「眠い？」

睫が触れ合うほど間近で、彼が言った。口元が笑っている。圭一はこくりと頷いた。

「少し……」

「眠らせてあげられるといいんだけど……どうかな」

「え……？」

彼の唇が近づいた。ふっと吐息を奪われる。次の瞬間、今までとはまったく違うキスが与えられた。

〝……っ〟

今までは触れるだけだったキスが、貪るようなものに変わっている。細いあごに指がかかり、少し強引に唇を開かせる。

「ん……ん……っ」

差し込まれる甘い舌が、無意識に逃れる圭一の舌を絡め取る。しっとりと甘く絡むキス。唇を、舌を愛撫《あいぶ》されて、くらっとめまいに襲われる。舌を差し入れたまま、彼が軽く唇を離して、少し角度を変える。そのたびに濡《ぬ》れた音が微かにして、キスの深さと甘さを圭一の耳に刻みつける。

「う……ん……」

彼の髪に手を差し入れ、柔らかい髪を抱きしめる。キスを繰り返しながら、彼のすべすべと滑らかな手が圭一の肌を探る。薄い肩から背中、ほっそりと締まった腰を撫で下ろし、ふたつの丸みを柔らかく揉《も》みしだく。

「あ……っ」

「可愛い……」

思わず上げてしまった高い声に、彼がうっとりとしたように囁いた。

「もっと……聞かせて」

「あ……あ……っ」

両手で尻の丸みを味わいながら、彼の唇が首筋に滑る。

「あ……っ」

自分でもびっくりするような甘い声。身体中の皮膚が妙に敏感になっていて、彼の吐息が触れただけで、まるで電流のような疼《うず》きが走る。

「……感じすぎだよ……」

彼が微かに笑う。艶めいた笑みをこぼして、圭一の柔らかい内股《うちまた》に手のひらを滑り込ませた。

「あ……ん……っ」

誰にも触れられたことのない柔らかい白い肌。拒むつもりはなかったが、反射的に内股を閉じてしまう。

「だめ……？」

耳たぶを唇に挟んで、彼が囁く。

「ここは……だめ？」

「そうじゃ……なくて……っ」

ベッドテクニックなんて知らない。ただ恥ずかしくて仕方がない。彼の美しい手が自分の身体を自在に操っている。まるで、自分がピアノを弾きこなし、美しい音を弾《はじ》き出すように、彼はこの身体を操って、聞いたこともないほど色めいた声を引き出してしまう。その感覚がたまらなく恥ずかしい。

「じゃあ……ここは？」

彼には憎らしくなるくらい余裕があった。圭一が耳まで真っ赤になっているのに、彼は涼しげに微笑みながら、圭一の肌を探る。

「あ……あ……ん……っ！」

白い胸にぷっくりと膨らんだピンク色の乳首。先の方がわずかに鴇《とき》色に色づいた乳首を彼が軽く弾いた。圭一の身体がびくりと震える。さらさらの髪がシーツに乱れる。

「ここも……嫌……？」

しなやかな指が小さな乳首をもてあそぶ。圭一の吐息が乱れる。全身の知覚がそこに集中してしまったように感じる。たまらない疼きがそこから伝わって、圭一の理性をひたひたと侵していく。

こんなところで、こんなに感じてしまう。ひくひくと喉が鳴りそうだ。自分の身体がとんでもなく淫《みだ》らなのではないかと怖くなる。でも……この疼きは嫌いじゃない。頭の芯《しん》の硬い部分が柔らかくぐずぐずと崩れそうな感覚は嫌じゃない。

「いい子だね……」

彼がくすりと笑った。

「じゃあ……ご褒美をあげようね」

「え……あ……ああ……ん……っ！」

彼が乳首にキスをする。柔らかい舌でふっくらと膨れた乳首を味わっている。

「ああ……ん……っ」

彼の髪を抱きしめて、圭一は声を上げる。自分でももう抑えられない。高く甘えた声が空気を震わせる。こんな声を上げてはいけない。こんな……甘えきった淫らな声は。でも、抑えられない。肩が震える。つま先がシーツを乱す。

「あ……あ……あ……っ」

片方の乳首を吸いながら、もう片方を指で強く揉まれて、声がうわずる。

「可愛いよ……すごく……可愛い」

ひくひくと泣いた後のように喉を震わせる圭一に、彼が宥めるように言う。

「こんなに可愛いと思ったのは……君だけだ」

恥ずかしくてたまらなくて、彼の胸に顔を伏せる。と、少し強めに抱き寄せられた。彼の膝が足の間に入り込み、頑《かたく》なだった内股を開かせる。柔らかい肌に彼の指が滑る。

「あ……そこ……っ」

彼の手が太ももの内側を撫で上げてくる。自分でもそこが濡れてしまっていることがわかった。雫を滴らせ、熟し始めた堅い果実を彼が手のひらで包み込んだ。思わず両手で彼の手を押さえようとして、逆に強く自分のものを握らされてしまう。

「だめ……っ」

「自分の手なら……恥ずかしくないだろう？」

優しく淫らな大人の男の声。

「……ほら……気持ちよくなってごらん……」

「だ……だめ……っ」

自分では禁欲していたつもりはなかった。もともと淡泊な方らしく、少しも苦痛ではなかった。でも、手の中の果実はびっくりするほどの果汁を滴らせ、圭一の指を濡らしている。熱く息づくものをもてあまして、圭一は涙を浮かべて、彼を見上げた。

「ねぇ……」

甘い舌足らずな声。

「どうすれば……いい……の……？」

セックスの経験値なんて、彼に比べればほとんどゼロだ。やり方も順番もわからない。その無意識の媚態《びたい》に、彼が目を細める。

「ちょっと……前言撤回かな」

ふっと少し悪い笑みに、薄い唇が歪《ゆが》む。

「君は……わるい子だ」

彼の手が圭一の手の上から、雫を滴らせる果実を柔らかく握り込む。

「ああ……ん……っ」

きゅうっときつめに握られて、声が出る。雫をこぼすところをゆっくりと彼の指が撫で上げてくる。

「あ……ああ……あ……っ」

あごが上がり、たまらない声があふれ出す。

「ああん……ああ……ああ……ん……っ」

愛撫を受けながら、優しくベッドに沈められた。両足を広げられ、恥ずかしいところを彼の前にさらす。恥ずかしさが興奮にすり替わっていく。自分の中の知らない自分がゆっくりと身を起こす。

「はぁ……はぁ……あ……ああ……っ！」

両手でシーツを摑む。彼の愛撫に身を任せて、ただ声を上げる。甘い吐息混じりの声が部屋に満ちていく。

「だめ……だめ……そ……んな……っ！　ああ……っ！　だ、だめぇ……っ！」

「いいよ……がまんしないで……」

「だって……っ！　そんな……の……っ。あ……ああ……ああん……っ！」

感じたことのない激しい疼きに、腰が痺れてくる。自分がどんな淫らな姿で、このあえぎ声を上げているのかわからない。ただ、彼の手に操られて、痴態をさらし、恥ずかしい声を上げる。

「い、いや……だ、だめ……ああ……っ！　だめぇ……っ！」

一瞬、意識が飛んだ。気を失う一歩手前まで追い詰められ、意識を手放しそうになった。強すぎる快感が這《は》い上ってくる。頭の中は真っ白で、言葉も何も浮かばない。ぐったりとした圭一を彼が優しい瞳で見下ろしている。

「やっぱり……可愛い」

長い指が圭一の前髪をかき上げる。

「可愛いよ……」

頰を撫でる彼の手を取り、圭一はその指先に口づける。そして、その手を自分の胸に導く。

「すごく……どきどきしてる……」

彼の指が可愛い乳首を撫でる。

「わかる……？　こんなに……どきどきしてるの……」

肌が熱くなっていた。うっすらと汗が浮かび、白い肌が桜色になっている。いじられている乳首もぷっくりと膨らみ、つんと先が尖《とが》っている。

「あなたも……どきどきしてる……？」

「……君は天使になったり……小悪魔になったりする子だね……」

誘い方なんて知らない。ただ、彼が欲しいだけだ。彼の何もかもが欲しい。彼をこの身に取り込めるなら、取り込んでしまいたい。彼と……ひとつになりたい。もう離れないように、彼をこの身に刻みつけてしまいたい。

「君に……つらい思いをさせたくないんだけどな……」

彼は幾度もブレーキをかけていた。圭一が怖がらないように、後悔しないように、幾度も幾度もブレーキをかけてくれた。しかし、そんな思いやりが、今は少し寂しい。あなたは僕を欲しいと思ってくれないの？　僕を……あなたのものにしてはくれないの？

「圭一……？」

「つらくなんか……ない」

圭一は彼の首に腕を回す。

「ひとりに……される方が嫌。今日は……ひとりにしないで」

「圭一……」

「あなたに……そうやって名前呼ばれるの好きだな……。すごく……そばにいるみたいで」

「まったく……」

彼が少し情けなさそうな顔で笑い、額を軽くつけた。

「どうして、そんなに可愛いことばかり言うのかな。私を煽《あお》って、どうする気なのかな」

「煽ってなんか……いないよ」

なんだか困っている彼が可愛くなって、圭一はくすくすと笑う。そして、彼の柔らかい髪をそっと撫でた。

「ただ……僕は壊れものなんかじゃないってことを言いたいだけだよ。僕は……簡単に壊れたりしないいんだよ」

「圭一……」

「優しくしてくれるのは嬉しい。あなたが……優しくしてくれるのは、とても嬉しい。でも、僕は……ガラスのケースに飾っておかなければ壊れてしまう人形じゃない。僕は……あなたの……恋人になりたい」

圭一の乏しい恋愛経験でもそれはわかっていることだ。愛するという行為は、決してきれいごとでは済まない。愛するという行為は、欲望をむき出しにする原始的なコミュニケーションだ。そこに夢を持つほど、圭一は子供ではない。

「……僕を……愛してくれていますか？」

澄んだ瞳で問う圭一に、彼は一瞬気圧《けお》されたような顔をした。しかし、すぐに微笑み、軽く唇にキスをする。

「この上ないほどに」

もう一度キスを交わす。今度はもっと深く、ゆっくりと深いキスを。

「……愛しているよ」

「僕も……」

このひとでなければ愛せない。このひとでなければ、愛してほしくない。圭一の方からキスをする。

「あなたしか……欲しくない」

ベッドが微かに軋む。彼が圭一の首筋に唇を這わせる。ゆるやかに彼の背中に腕を回して、圭一は目を閉じる。彼の体温、彼の息づかい、すべてを感覚だけで感じる。

「ん……っ」

彼の唇が胸に滑る。乳首を口に含まれると、思わず声が漏れた。そんなところ、感じるとは思っていなかったのに、彼の舌の動きをリアルに感じてしまうほど、敏感になっている。彼の滑らかな手のひらが圭一の肌を柔らかく撫で上げ、撫で下ろす。指先で圭一の素肌を味わっている。そんな感じだ。

「あなたの手……すごく……気持ちがいい」

手入れの行き届いたインテリジェンスを感じさせる手が、圭一の肌の上を滑っている。

「圭一の肌も……気持ちがいいよ」

彼の声がしっとりと耳に届く。

「どこもかしこもすべすべで柔らかい。きれいな肌だね」

「そんなこと……あ……っ」

細く締まった腰を撫で下ろし、彼の手がすっと太ももに触れた。白い内ももに手を滑らせて、耳元に囁く。

「ここは……？　嫌じゃない？」

指先で軽く撫でられているだけなのに、びくんと肩が震えてしまう。

「……ん……ん……っ」

指を噛《か》んで、はしたない声を飲み込みたいのに、身体の奥からあふれ出る官能の声は、圭一の努力を笑い飛ばすように、勝手にこぼれ出す。

「あ……ああ……ん……っ！」

すうっと撫で上げられ、大切なところに触れるか触れないかのところで指を止められて、思わず声を上げてしまう。

「あ……あ……っ！」

「可愛い声だよ……」

彼の囁きに、腰の力が抜けそうになってしまう。

「もっと……聞かせて」

耳たぶに触れる囁きが熱い。少し強引に太ももを開かせられ、恥ずかしさに震える膝も開かれる。

「う……ん……」

圭一の内ももはびっくりするくらい白くきめが細かい。そこをゆっくりと幾筋かの雫が滴り落ちてくる。すっかり熟した堅い果実がこぼす雫だ。

「……おいしそうだ」

彼がくすりと笑った。

「食べたくなるくらい……おいしそうになってる」

「じゃあ……食べて」

恥ずかしそうに、圭一が囁く。

「食べて……っ」

すうっと滴り落ちてきた雫を彼の指がすくい上げた。その感触にびくんと腰を震わせた

瞬間、彼は圭一の大切なものを口に含んでいた。

「あ……ああ……っ！」

予想もしていなかった刺激に、全身がびくんっと震える。

「ああ……っ！　あ……ああ……ん……っ！」

自分でもびっくりするような声が出てしまった。ほとんど叫びに近い声を上げてしまい、それを恥ずかしく思う前に、また声が出てしまう。

「あ……嫌……い……や……ああん……っ！　い……いやぁ……っ」

彼に頬張られている。びくびくと震える果実をたっぷりと頬張られてしまっている。

「あ……あん……あん……っ！　はぁ……はぁ……はぁ……ん……っ」

甘くかすれた声であえぎ続ける。もう自分でも何を言っているのか、わからなくなっている。

「あ……また……また……いっちゃ……う……っ」

彼の髪を抱きしめて、大きくのけぞる。

「だめ……そんな……の……だ……めぇ……っ」

弾けるぎりぎりまで果実を育て上げて、彼がゆっくりと顔を上げた。

「わがままな……恋人だ……」

きちんと整えられていた前髪が乱れて、いつもの百倍も色香を漂わせている。声もしっとりと艶を含んで、それを聞いているだけでぞくぞくしてくる。

「ひとりじゃ……いや……」

彼の背中を抱き寄せる。

「ひとりじゃ……いや……ひとりで……いかせないで……」

涙がこぼれてくる。心臓が胸を破りそうだ。全身の肌が恐ろしく敏感になっていて、彼の素肌の熱さを感じる。彼も体温が上がっているらしく、むせ返るような甘い百合の香りが漂っている。

「……ん……っ」

彼のしなやかな指が、圭一の小さなつぼみに触れた。きれいに閉じた花びらをゆっくりと和らげていく。あふれ出す雫をゆっくりゆっくりと花びらに落とし、もどかしくなるほど優しく花びらを暴く。

「ん……ん……んう……」

圭一のしなやかな腰をシーツから抱き上げて、ゆっくりと自分の身体に沿わせる。

「もう……嫌だって言ったって……だめなんだよ」

いつもの豊かな声ではなく、甘くかすれた声がした。

「もう……待ってあげられない……」

「……あ……っ！」

濡れた花びらに熱いものが押しつけられる。声を上げる間もなく、身体の中に熱い高まりが押し入ってくる。

「ん……んん……っ」

感じたことのない感覚。世界が反転していくような不思議な感覚。真っ暗な中に落ちていきそうで、必死に彼の背中にすがりつく。

「声を……」

彼が少し苦しそうに言う。

「声を……出して……圭一の……声を聞かせて……」

「え……あ……っ！　あ……あ……ああ……っ！」

ぐいときつく揺すられて、声が出てしまった。ほとんど悲鳴に近い高い声。

「あ……ああ……ん……っ！　ああ……っ！」

「力を抜いて……そう……いい子だ……」

「あ……熱……い……っ！　ああ……熱……い……」

身体の内側から燃えてしまいそうだ。熱いものがどくどくと脈打ちながら、身体の奥へと食い入ってくる。感じるのは、痛みよりも熱さだった。ただ熱くて。とろけ落ちそうに熱くて。

「あ……ああ……っ！」

腰を抱き上げられ、きつく揺すられる。喉がのけぞり、声が高く放たれる。

「ああ……っ！　あ……ああ……っ！」

少しずつ揺すり上げられるリズムが速くなっていく。腰を高く抱き上げられ、ふたつの丸みを揉みしだかれながら、幾度も幾度も揺すり上げられる。

「あ……あん……っ！　あん……っ！　ああん……っ！」

彼の肩を摑み、喉をのけぞらせて叫ぶ。

「あ……い……いい……いい……っ！」

恥じらいなどかなぐり捨てる。悦《よろこ》びをすべて彼にぶつける。

「離さ……ないで……っ！　もっと……っ！」

彼とひとつになっている。同じ鼓動を感じて、同じ熱さを感じて、ひとつになる。

「圭一……圭一……」

彼が耳元で繰り返し囁く。

「いい……よ……すごく……いい……柔らかくて……熱くて……圭一……」

「もっと……もっと……して……もっと……愛して……」

彼を抱き寄せる。身体が近づいて、彼がいっそう深く中に食い込んでくる。

「キス……して……」

唇を開いて、口づけをねだる。すぐに彼の唇が重なってきた。差し入れられてくる舌に、圭一の方から舌を絡ませた。キスはすぐに上手になった。彼に導かれるままに舌を絡ませ、吐息を奪い、唇を舐《な》める。

「覚えの……いい子だ……」

キスの合間に、彼が言う。

「最高の……生徒だよ……」

「最高の……」

息を乱しながら、圭一が答える。

「恋人だって……言って……」

軽く唇を吸って、彼がキスを解いた。圭一のほっそりとしなやかな腰を高く抱え上げる。

「ああ……ん……っ！」

強く突き入れられて、声を上げてしまう。つま先まで痺れが広がって、ぴんと指が伸びる。足を大きく広げられて、深く愛される形になっている。

「あん……っ！　あん……っ！　ああん……っ！」

リズムを刻んで突かれて、続けざまに声があふれた。

「あ……い……いい……っ！　ああ……いい……っ！」

彼の肩に爪を立て、のけぞりながら、声を上げ続ける。

「い……い……く……ああん……っ！　いっ……ちゃ……う……！」

身体の奥から怖くなるような快楽がほの見えていた。ここに足を踏み入れたら、もう二度と戻ってこられない、危ない快楽の淵。

〝あなたと堕《お》ちるなら……いい……〟

激しく揺さぶられ、突き上げられながら、圭一は微かに微笑む。

〝もう……戻ってこられなくたって……いい〟

深い快楽の底にあなたと沈む。それ以上の幸福があるだろうか。

「圭一……圭一……っ」

彼が愛しい名前を呼んでいる。甘く濡れた声で繰り返し。

「圭一……っ」

「離さ……ないで……っ。このまま……一緒に……っ！」

彼を離したくなくて、強くつかまえる。肩に爪《つめ》を立てる。血がにじむほど強く。

「あ……ああ……っ！」

なだれ落ちる。深く開く快楽の底へ。沈むなら、あなたと一緒に。

生まれて初めて愛した……あなたと一緒に。

ふと目を開けると、彼のすみれ色の瞳と見つめ合ってしまった。

「ずっと……見てたの？」

何度目になるのかも忘れてしまった情交の後で、圭一は眠ってしまったらしい。ふと目を覚ますと、彼がベッドに肘《ひじ》をついて、圭一を見下ろしていた。

「見飽きないからね」

彼が優しく言って、圭一のつむじのあたりにキスをした。

「ずっと、見ていたかった」

「……僕に穴が開くよ」

少し恥ずかしそうに言って、圭一は彼の胸に顔を埋めた。

「今、何時？」

「午前三時。さすがにまだ外は暗いね」

肩までブランケットにくるまって、ふたりはゆったりと抱き合う。素肌の温かさが心地いい。

「……圭一はご両親と連絡は？」

ふと彼が言った。

「お兄さんが亡くなっているんだろう？　その時に……連絡を取ったりしなかったのかい？」

「……いいえ。兄は両親の連絡先を知っていたようだったけど、僕は知らない。兄の遺品を整理すれば出てきたとは思うけど……そんな気持ちにはなれなかったし」

兄の葬儀は、圭一が喪主となって行った。いまだに、両親には兄の死を知らせていない。

離婚し、圭一を手放して以来、向こうから連絡があったことは一度もない親だ。はっきり言って、もう顔の記憶も曖昧《あいまい》になっている実の両親である。

「じゃあ、私と同じだ」

彼が圭一の髪を撫でながら、ぽつりと言った。

「大学に入った時に、親とは縁が切れた。切るつもりはなかったんだが、なんとなく切れてしまった。もう何年会っていないかな……」

「先生……？」

「高校時代にね、ちょっとした事件が起きた」

彼は優しい穏やかな声で言った。

「高校二年の夏、私は恋をした。隣のクラスに転校してきた生徒にね。その頃、自分が……ゲイだと自覚した。恋愛対象が同性ばかりであることに、ようやく気づいたんだ」

「僕の友達にも……何人かいるよ。オープンにしているのも、していないのもいるけど」

「圭一は、偏見がないね。最初からそうだったね」

「……正直、自分のセクシュアリティもよくわかっていないから。恋なんて、している時間も余裕もなかったし」

あっさりしているねと、彼が笑った。

「告白はしなかったけれど、好意があからさまだったんだろうね。向こうの親が学校に……相談したんだ。うちの息子が隣のクラスの生徒に言い寄られて、困っているってね。厳しい私立の男子校、しかもカトリック系だったから、ちょっとした騒ぎになって、うちにも連絡が行ってしまった」

「親に……連絡が？」

「うちは敬虔《けいけん》なクリスチャンの家でね。私は受けていないけど、両親も姉も洗礼を受けている。そんな家族にとって、息子がゲイであることは許せなかったんだろう。何日も何日も揉めて、私は精神的に追い詰められた……。つらかったよ。自分では悪いことをしているという感覚はまったくないし、今でもそう思っているけど、ひとの感じ方はさまざまだ。家族たちは私のセクシュアリティについて、絶対に理解しようとせず、ただ、両耳を両目をふさいで、私が目の前から消えるのを待ち続けた」

「……先生」

圭一はおそるおそる口を挟んだ。

「消えるって……」

「文字通り。大学に入ると同時に、私は家を出た。大学の寮に入り、家族との接触を一切断ったんだ。それ以来、家族とは会ってもいないし、今どうしているのかも知らないよ」

さらりと彼は壮絶な事実を語る。幾度も幾度も反芻《はんすう》し、苦しみ、ようやくここまでたどり着いたのだろう。

「医者になったのは、結婚しなくてもそれなりの社会的地位を得られるからかな。医者か弁護士と思っていたけど、頭が理系だったしね。小児科を選んだのは、単純に子供が好きだったからだよ。私自身は一生子供を持つことはないけれど、仕事の上だけでも関《かか》わりたいと思った」

「……苦しい時に選ぶ道は……その時、光が見える方向なんだよね」

圭一は彼の腕の中でぬくぬくと温まりながら、ぽつりと言った。

「少しでも光が見える方向……真っ暗な道へは入っていけない。ほんの微かでも、光の見える方向」

「圭一にとってのピアノがそうだったように？」

「そう」

突然のように壊れた家族。ぎりぎり形を保っていた器が、ある日突然内側からの圧力に耐えられなくなって砕け散るように、一気に弾けるように消えた家族の絆。

「そこから射し込む光は、本当に細くて糸のようなのだけれど、そこにすがりついていくしかない。そうして、自分を支える。僕は……あなたの気持ちがなんとなくわかる気がする……」

互いに抱えた深い孤独。細い細い光の糸をたぐったら、その先にいたのはお互いだった。

「ふわふわと生きてきたよ」

彼が穏やかに言う。

「行きずりの恋をいくつもして、その時だけの温もりを求めて、でも、少しも温かくならなかった。根無し草のように、風に流されて、次の場所にたどり着く。そんなことを繰り返してきた」

「そして、ここにたどり着いてくれた……」

圭一は、彼の胸に頬をすり寄せる。

「ずっと……僕は待っていた気がする」

僕をすっぽりと包み込んで、腕の中で慈しんでくれるひとを。僕の抱えているものすべてを、一緒に受け止めてくれるひとを。

「あなたを……」

「私は、君のように純粋に生きていないよ」

彼が穏やかに言う。

「自暴自棄になって、めちゃくちゃな生活をしていたこともあるし、それこそ、行きずりの相手と寝たこともある。君に待ってもらえるような人間じゃないよ」

涼しげな薄青の月明かりが少しずつ薄くなり始めていた。夜は明けようとしている。空の縁が薄い紫からピンク色に変わり始めている。

「それでも……君に告白せずにはいられなかったけどね」

「……それなんだけど」

圭一が不思議そうに首を傾げる。

「あなたが、僕のどこを好きになってくれたのかが、よくわからないんだ。僕は……全然特別なところのない人間だよ。あなたに……好きになってもらえるようなところがあるのかな……」

「前にも言ったと思うけど」

圭一の髪をさらさらと指の間からこぼしながら、彼が微笑んだ。

「君はね、私の憧《あこが》れなんだよ。君が陽菜子ちゃんを抱いて、私の外来に現れたのを見た時、本当に息が止まるかと思った。私がずっと憧れていて、手にできなかったもの……純粋で、透き通っていて、きらきら輝いていて……そんなものが、君と陽菜子ちゃんからあふれ出していたんだ。一生懸命生きていて、そこにいるだけで、周囲を温めて笑顔にしてしまう存在……私は、ずっと憧れていたんだよ」

「でも、あなただって……」

優秀な小児科医で、ルックスもプロポーションも一級品で、物腰も上品で……圭一からすれば、彼の方が欠点のない人間だ。

「僕だって……あなたに憧れてた……」

　圭一は、自分の手はあまりに小さすぎると思う。彼が軽々とすくい上げるものを、圭一は両手でもこぼしてしまう。

「だからね」

　彼がふわっとブランケットを圭一の肩にかけ直す。

「できることなら、一緒に……生きていこう。私に足りないものをください。私は君が欲しいものをあげる。そうやって……一対になって、生きていきたい」

　窓の外が白み始めた。夜の雲が足早に去り、薄水色の空が広がり始めている。

「少し、眠ろうか」

　まだほんの少し、夜の中に漂っていたい。初めてふたりが結ばれた夜の中に。圭一はこくりと頷いて、目を閉じる。

「せんせい……？」

　手探りで、彼の唇に触れる。微笑んでいることを感じて、圭一も目を閉じたまま微笑む。

　まるで夢見るように。

「だいすき……」

　そして、夢の中に墜《お》ちていく。ふわふわと柔らかく温かな夢の中に。

ACT　9

「たーだいまーっ！」

車からもどかしげに飛び降りると、陽菜子は家の中に駆け込んだ。

「圭一くん、ひまわりさん、枯れちゃったの？」

圭一の教えた通り、閉めきっていた庭へのガラス戸を開けながら、陽菜子が振り返った。

「代わりに、コスモスがたくさん咲いたよ」

陽菜子は今日の午後、退院した。今日はもう点滴も何もなかったから、午前中でもよかったのだが、末次が送ってくれるというので、彼の身体の空く午後にしたのだ。

「陽菜子、おてて洗っておいで」

「はぁい」

陽菜子が洗面所に駆け込んでいった。その後ろ姿を見送っていると、車を止めた末次が静かに入ってきた。

「荷物、これだけでいいのかな」

「ええ」

陽菜子の退院荷物は、ある程度昨日のうちに持ち帰っていたので、今日の荷物は陽菜子のパジャマ程度で、小さなボストンバッグひとつだけだった。

「忙しいのに、ごめんなさい。タクシーで帰ってもよかったのに」

冷蔵庫を開けて、水出しのお茶のボトルを取り出す。グラスを出して、氷を入れ、陽菜子の分も含めて、三つの冷茶を入れる。

「どうぞ」

「でも……」

テーブルにはふたつしか椅子がない。座るのをためらう末次に、手を洗って洗面所から出てきた陽菜子が飛びついた。

「せんせい、座って。それで、陽菜子をお膝にのせてちょうだい」

「こら、陽菜子……っ」

「ああ、いいよ」

末次は椅子に座り、陽菜子を膝に抱いた。あまりに自然な流れに、圭一の方がきょとんとしている。

〝僕より、陽菜子の方が先生に馴染んじゃってる……〟

「陽菜子、今度ね、椅子をひとつ増やそうと思うんだけど……」

圭一が切り出すと、陽菜子はにこにこして頷いた。

「いいよー。せんせいの分だね」

あっさり言われて、なんだか拍子抜けしてしまう。

〝僕、構えすぎかな……〟

「陽菜子ちゃん」

膝の上の陽菜子に、末次が話しかける。

「時々、遊びに来てもいいかな？」

「いいよー。せんせい、圭一くんと仲良くして」

「え？」

陽菜子は両手でコップを抱える。

「仲良しだとおうちに遊びに行くのよ。陽菜子も仲良しの久実《くみ》ちゃんのおうちに遊びに行ったの。実莉ちゃんとも仲良しだから、実莉ちゃんのおうちには、陽菜子のお箸《はし》とか椅子があるの」

陽菜子なりの『仲良し』の視点が語られる。

「陽菜子とせんせいは仲良しなの。映画にも行ったし、パークにも行ったし、病院でもいっぱいお話ししたの。だから」

陽菜子がコップを置き、末次の手を取ってテーブルに置いた。そして、手を伸ばし、圭一の手を取って、末次の手に重ねる。

「え……っ」

「陽菜子ちゃん……」

突然の陽菜子の行動に、ふたりはびっくりしてしまう。重ねられた手が温かい。窓から吹き込む風に、ふわふわと微かな秋の薔薇の香り。

「今度は、圭一くんとせんせいが仲良くして。そしたら、陽菜子とせんせいと圭一くんとみんなで仲良しになれるの」

「陽菜子……」

赤くなるしかない。圭一はうつむいてしまう。彼の手がとても温かい。彼はすっともうひとつの手も伸ばして、圭一の手を優しく包み込んだ。

「そうですね……仲良くしましょう」

彼がにこっと微笑む。

「ね？　圭一くん」

圭一はうつむいたまま、こっくりと頷く。

「はい……」

陽菜子が『あたしもー』と言って、小さな手を重ねてくる。

「圭一くん、あたしも仲良くしたい。ね？」

「……そうだね」

圭一はうっすらにじんできた涙をこくりと飲み込む。

「うん……みんなで……仲良くしようね……」


『ル・レーヴ』での演奏を終わって、圭一は通用口から外に出た。

「お疲れさま」

待っていた末次が車のライトを軽くパッシングさせる。圭一は素早く車に乗った。

「今日、『星に願いを』弾いていたね」

乗り込んできた圭一の頬に軽くキスをして、末次が言った。

「ええ。アレンジしてみたから。どうだった？」

仕事の後、圭一を迎えに来た末次は、閉店までウェイティングバーにいた。圭一の最後の演奏を聞いていてくれたのだ。

「きらきらしていて、きれいだったよ。星ってイメージ」

「それ狙《ねら》ってたから。狙い通り」

圭一はくすくすと笑った。

「星が降るイメージなんだ。きらきらってね」

「圭一のアレンジはきれいだよね。高音の装飾音が多くて、きらきらした感じがよく出ている」

車の中には、微かな薔薇の香りがした。後ろを振り返ると、大きな薔薇の花束が乗っている。

「薔薇、どうしたの？」

「おや、忘れたの？」

末次の方が意外そうな声を出す。

「ま……いいか。後でね」

そして、そのままハンドルを切る。圭一の家は、『ル・レーヴ』からは細い道を何本か抜けたところにある。少しスピードを落として、彼はゆっくりとハンドルを切っていく。

「今日……泊まっていける？」

圭一は、彼の腕に軽く手を触れて言った。

「教室の生徒さんから、おいしいお茶をいただいたんだ」

「泊まらせてもらうよ」

彼が頷く。

「今日は当直もないしね」

圭一が『ル・レーヴ』で演奏する夜は、陽菜子は笑子の家にいる。木曜日の夕方、笑子が陽菜子を迎えに保育園に行き、そのまま日曜の朝まで預かってくれる。日曜の朝、圭一が迎えに行くまで、陽菜子は笑子の家で暮らす。陽菜子は圭一とともに週の半分を暮らし、もう半分を笑子の家で暮らすことに満足しているようだった。陽菜子にとって、大好きなひとたちと暮らす時間は、何よりも楽しいものであるらしい。

「……しかし」

末次がくすっと笑った。

「陽菜子ちゃんのいない夜に泊まるって……なんとなく間男っぽいな」

「先生……っ」

なんてことを言うのだと、圭一は耳まで真っ赤になった。

「だって……っ」

圭一と陽菜子のベッドルームには、ベッドがふたつしかない。末次が泊まる時には、圭一のベッドで一緒に眠る。

〝陽菜子に……見せられるわけないじゃないか……っ〟

初めて夜を共にした時ほどではないが、彼が泊まれば、もちろん愛し合う。いくら、陽菜子が寝つきのよい子だといっても、数メートルの距離で愛の営みをできるほど、圭一の神経は太くない。

「冗談だよ」

彼が笑っている。

「私たちが仲良くしているところは、ふたりだけの秘密だよ。もったいなくて、誰にも見せたくなんてない」

「な、何言って……っ」

「可愛くて、誰よりも色っぽい圭一は私だけのものだからね」

「い、色っぽいって……」

そんなことを言われたことは一度もない。むしろ、圭一のピアノには色気がないと言われる。清潔で美しく、清純。それが圭一のトータルイメージだ。

「……圭一は最高に色っぽいよ。最高にそそられるし……いつでも、抱きたいと……」

「もうやめて……っ」

圭一はこれ以上ないくらい真っ赤になって叫んだ。

「ま、まだ、時間早いよ……っ！」

「何時ならいいの？」

圭一の家の前の道に入った。ゆっくりと車をバックさせて、家の前に車を入れる。

「先に行ってて」

「はぁい……」

車を降りて、圭一は先に家に入った。九月になって、急に涼しくなった。閉めきった家に入っても、すぐにエアコンを入れなくていいし、窓を開けるだけでいい。半分くらいガラス戸を開け、圭一はほっと息をついた。

「……お待たせ」

ふわっと薔薇の香りがした。振り向く間もなく、頬に柔らかい花びらが触れてくる。

「……はい」

「何……？」

真っ白な薔薇が視界いっぱいにあふれる。振り返ると、大きな白い薔薇の花束を差し出されていた。

「薔薇……？」

白いリボンで束ねられた大きな白い花束。それをそっと圭一に抱かせると、末次は花束ごと、圭一を抱きしめた。

「誕生日、おめでとう」

「え……っ」

ふわふわとした花びらと甘い香りに包まれて、圭一は目を幾度も瞬《しばた》く。

「誕生日……？」

「二十四歳の誕生日、おめでとう」

すっかり忘れていた。もう何年も誕生日なんて祝ったことがなかった。祝うというよりも、誕生日は忘れたいことのひとつだった。圭一は、自分が生まれてきたことを祝福してもらったことがなかった。圭一が生まれてじきに、両親は不仲となり、幼い圭一は物心ついてから、一度も誕生日を祝ってもらったことがなかった。兄は優しくしてくれたが、誕生日を祝うという感覚は持っていなかったらしく、圭一はいつしか、自分の誕生日を忘れるようになっていった。

「どうして……？」

テーブルの上には、アイスバケットに入ったシャンパンとグラスがふたつ。小ぶりなオードブルもトレイに入って並んでいる。

「陽菜子ちゃんが教えてくれたんだよ。去年は、誕生日が過ぎてから、圭一くんが教えてくれたからお祝いしてあげられなかったけど、今年はせんせいがお祝いしてあげてってね」

「陽菜子が……」

そういえば、保育園で誕生日のお祝い会があったとかで、陽菜子に誕生日を聞かれたことがあった。圭一はすっかり忘れていたのだが。

「陽菜子、覚えてたんだ……」

「本当は陽菜子がお祝いしてあげたいんだけど、今日は笑子叔母さんのところの日だから、せんせいお願いねって頼まれた」

薔薇の香りの抱擁。甘い花の香りに酔いそうになる。酔ってしまって、何もわからなくなる。

「愛しているよ……」

頬にキスをされ、瞼にキスをされ、そして、そっと唇にキスをされる。

「生まれてきてくれて……ありがとう……」

白い薔薇に包まれて、彼の体温に包まれて、涙がこぼれる。

「生まれてきて……よかった……」

心からつぶやく。あなたに出会えたことに、心からの感謝を捧げる。

神様、僕に優しい家族を、優しい恋人をありがとう。

「本当に……ありがとう……」

窓から射し込む星明かり。さやさやと揺れるコスモスと微かな早いキンモクセイの香り。

幸せで、どうしようもなく幸せで、涙があふれてくる。美しすぎるこの世界に。

「ありがとう……」

感謝を。すべてのものに感謝を。やっと摑んだ幸せに酔いながら、圭一は涙を流す。

「嬉しくても……涙って出るんだ……」

涙は悲しい時に流すものだと思っていた。彼が圭一をすっぽりと包み込んで、涙をキスでぬぐってくれる。

「約束するよ」

白薔薇の向こうから、愛しいひとが真摯に囁く。

「君に……決して悲しい涙は流させない」

一緒に生きていこう。こうして温め合いながら。

ふわふわと泡を昇らせるシャンパンを手にして、そっとグラスを触れ合わせる。チリンと澄んだ音がして、金色の泡がぶどうの香りを降りこぼした。

「乾杯」

彼が微笑む。

「私たちの明日に」

一緒に歩く明日に乾杯しよう。哀しい昨日は脱ぎ捨てて。

ずっと一緒に……ね？　僕のせんせい。

あとがき

こんにちは、春原いずみです。

春原初めての子連れBL「ぼくの小児科医《せんせい》」をお届けいたします。運命に翻弄されて子連れになっちゃったピアノ教師と小児科医のお話、楽しんでいただけたでしょうか。

さて、この仕事長いですが（ええ、実は結構長いんです）、メインの登場人物として、女の子……しかも五歳ってのは初めてです。昼稼業として営んでいる医療職では、子供さんの相手をすることも結構あるんですけど、夜稼業としている文筆業では初めてでございます。子供って不思議ですよね。次に何を言い出すか、何をやり出すかわからない。大人の尺度で測れない反応しますからね。昼稼業では、まぁ……病院という都合上、圧倒的に泣いている、もしくは不機嫌な状態の子供さんが多いわけですが、何かね……おもしろいです。おもしろいって言っちゃいけないですが、大人ではあり得ない反応しますからね。予防注射が嫌で、待合室のソファの下に籠城する三歳児とか、ペットのかまきりを連れてくる十歳児とか。陽菜子のモデルになった美少女も、職場に来た五歳児です。実は陽菜子モデルは双子の美少女。本当にモデルにしたいくらい可愛い子が……しかも二人いるっ！

眼福ですよ、まさに。いつもは強面のおじいちゃんも、双子の孫の前ではデレデレでした。

そんな今回のイラストは、柴尾犬汰先生にお願いいたしました。春原初の美少女を可愛く描いていただきたくて、お願いしました。想像以上に陽菜子を可愛く描いていただき、圭一もキュートに、夜と昼ふたつの顔を持つ末次先生はもう滴るほどに色っぽくて、イラストを見るたびに幸せになれました。本当にありがとうございました。

担当のFさま、最初にオファーをいただいた時は「子、子連れっすか……」と少々びびりましたが、書いてみたらパラダイス。とても楽しくお仕事させていただきました。ありがとうございました。

そして、最後になりましたが、この本を手にとってくださったあなたに、両手いっぱいの感謝を。たくさんの本の中から選んでくださってありがとう。この本を読んでいる時に少しでも幸せになっていただけたら何よりです。

それでは、本日の診療はここまで、また次の予約日に。SEE YOU NEXT TIME!

春原いずみ

本作品は書き下ろしです。

ラルーナ文庫

この本を読んでのご意見・ご感想・ファンレターなどお待ちしております。**〒111−0036 東京都台東区松が谷1−4−6−303 株式会社シーラボ「ラルーナ文庫編集部」**気付でお送りください。

ぼくの小児科医《せんせい》

2017年2月7日 第1刷発行

著　　者｜春原《すのはら》 いずみ

装丁・DTP｜萩原 七唱

発 行 人｜曺 仁警

発 行 所｜株式会社 シーラボ
〒111-0036 東京都台東区松が谷1-4-6-303
電話 03-5830-3474／FAX 03-5830-3574
http://lalunabunko.com

発　　売｜株式会社 三交社
〒110-0016 東京都台東区台東4-20-9 大仙柴田ビル2階
電話 03-5826-4424／FAX 03-5826-4425

印刷・製本｜シナノ書籍印刷株式会社

ISBN978-4-87919-983-6